料理と詩のコラボレーション

飲食のくにではピビムパプが民主主義だ

おいしい詩を添えて

韓国詩人協会・クオン[編]
中村えつこ[訳]
趙善玉[料理・レシピ]
八田靖史[料理解説]

はじめに

みなさん韓国料理はお好きですか？ キムチ、プルコギ、ピビムパプ、サムゲタン、スンドゥブチゲなど、最近は多くの韓国料理が日本でも知られるようになってきました。隣国の食文化はよく似ている部分もあり、また異なる部分もあり。お米のご飯を主食としているところや、共通の野菜、魚、肉などをバランスよく食生活に取り入れているところ、味噌や醤油といった発酵食品を味つけの基本として使うところなど、日本人にとって親近感を抱きやすい部分はたくさんあります。一方で唐辛子やニンニクを使った刺激的な料理が多いところは、距離的に近くてもやはり外国であることを気付かせてくれます。

また、実際に韓国の友人らと食卓を囲んでみると、食に向かう姿勢という面でも少し異なる部分があるようです。まず、韓国人の多くはひとりでの食事を好みません。都市化が進んだ現代では少しずつ変わってきてもいますが、それでも食事は大勢でするものという意識が強く、みんなで囲む鍋や焼肉といった料理が充実しています。盛りつけも全員分を大皿にまとめることがほとんどで、取り箸すら用意することもなく、みんなでつつくのが当たり前です。鍋に直接自分のスプーンを突っ込んで汁を味わったりもしますが、これは日本人にとってみるとちょっと驚く作法でもありますね。むしろ韓国人にしてみれば、一緒に食卓を囲む仲であるのに、おかずを銘々で分けたり、料理を取り分けるために取り箸やおたまを用意するのは少し寂しい気持ちになるようです。そもそも韓国人が分かち合う習慣を好み、それによって互いの情を深め、ひとつの共同体であることを確認する、といった作業を食事にも求めているからでしょう。

個人的にはそういった情を深め合う場で、韓国人の食談義に耳を傾けるのが大好きです。料理の美味しい食べ方や、美味しいお店の情報、食材や調理法に関する蘊蓄《うんちく》まで話題はさまざまですが、よく飛び出てくるひとつが「ウチの母が作る料理は〜」という家族自慢ですね。特にテンジャンチゲ（味噌チゲ）や、キムパプ（海苔巻き）といった家庭料理を食べているときは、高確率でそんな話題を披露したくなるようです。あるいは故郷の話というのも盛り上がります。ウチの田舎ではこんな料理を食べる、こんな特産品があるといったお国自慢は、心の距離を近づけるのにもよい方法であるようです。そこへ日本ではこうですよ、といった情報をこちらからも提供できれば、座はよりいっそう親密度を増していくこと間違いありません。

本書の内容はそういった韓国人の食へのあくなき探求心や、料理に求める心の安らぎ、情緒、人と人との交流、家族、故郷といったものが、詩という形で凝縮されたものです。それらを読み、聴き、そして味わうとき、それは一品の料理を味わう以上に、深く韓国料理の魅力を知るよい機会になるはずです。

全41編の詩を、ぜひ美味しく召し上がってみてください。

八田 靖史
コリアン・フード・コラムニスト

目次 contents

※本書で掲載している料理の写真は、趙善玉料理研究院と株式会社いちりきの協力を得て撮影いたしました。

チャンチグクス（お祝いの麺）｜잔치국수

祝いの席など宴会用として供される温麺。
チャンチが宴会、グクスは麺を表す。
煮干しなどでとった温かいスープに茹でたそうめんを入れ、
千切りにした韓国かぼちゃや、錦糸卵、海苔といった具を載せる。
塩や醤油であっさりとした味付けに仕上げ、
好みで唐辛子入りの薬味ダレを足すこともある。
韓国の結婚式では定番の料理であり、
「いつ麺を食べさせてくれるのか？」という質問は、
いつ結婚するのかという意味になるほどである。

材料（2人分）

そうめん	150g
韓国かぼちゃ	1/4本
にんじん	1/5本
キムチ	100g
卵（黄身）	1個分
海苔	1/2枚
食用油	適量
砂糖・塩・醤油・ゴマ油・ゴマ	各適量

- スープ：煮干し4匹、干しダラの頭1/2尾分、干しエビ5匹、干し椎茸1枚、昆布（5cm四方）1枚、ニンニク3片、酒大さじ1、水6カップ
- ヤンニョムジャン：醤油大さじ3、粉唐辛子小さじ1、ねぎ（みじん切り）大さじ1、ニンニク（みじん切り）小さじ1、すりゴマ大さじ1/2、砂糖小さじ1、ゴマ油小さじ1

作り方

1) 煮干しの頭と内臓を取り除き、フライパンで空炒りする。鍋に昆布以外のスープの材料（水、ニンニク、酒、煮干し、干しダラの頭、干しエビ、干し椎茸）を入れて火にかける。沸騰したら弱火にして20分ほど煮てから昆布を加え、再度煮立ったら昆布を取り出して火を止め、こし器で漉しておく。
2) 昆布は約3mm幅、椎茸は適当な大きさに切り、醤油、ゴマ油、砂糖を加えて炒めておく。
3) 韓国かぼちゃ、にんじんは千切りし、食用油でさっと炒め塩味をつける。
4) キムチは刻んでゴマ油、砂糖、ゴマを加えて和えておく。
5) 卵は黄身と白身を分け、黄身に塩を加えて薄焼き卵を作り、千切りにする。
6) ヤンニョムジャンの材料を混ぜておく。
7) 沸騰した湯に塩を入れ、そうめんをゆでる。2度ほど差し水をし、再び沸騰したら冷水でもみ洗いをして、ざるにあげておく。
8) 平鉢にそうめんと具を盛りつけ、ヤンニョムジャンを添えて出す。

잔치국수

김종해

어머니 손맛이 밴 잔치국수를 찾아
이즈음도 재래시장 곳곳을 뒤진다
굶을 때가 많았던 어린 시절
그릇에 담긴 국수면발과
가득 찬 멸치육수까지 다 마시면
어느새 배부르고 든든한 잔치국수
굶어본 사람은 안다
잔치국수 한 그릇을 먹으면
잔칫집보다 넉넉하고 든든하다
잔치국수 한 그릇은 세상을 행복하게 한다
갓 삶아 무쳐낸 부추나 시금치나물,
혹은 아무렇게나 썰어놓은 김장김치 고명 위에
어머니 손맛이 밴 양념장을 끼얹으면
젓가락에 감기는 국수면발이
입안에 머물 틈도 없이
목구멍을 즐겁게 한다
아직 귀가하지 않은 식구를 위해
대나무 소쿠리엔 밥보자기를 씌운
잔치국수 다발
양은솥에는 아직도 멸치육수가 뜨겁다

チャンチグクス｜キム・ジョンヘ

なつかしい母の味のチャンチグクスをもとめて
ついこのあいだも市場をあちこち歩いた
いつも腹を空かせていた子どものころ
うつわに盛られた麺に
なみなみ入ったスープまですっかり飲み干すと
いつしか満腹になった　チャンチグクス
腹を空かせたことがある人ならわかる
チャンチグクス一杯食べれば
宴の家にいるより満腹で　豊かなきもち
チャンチグクス一杯が世の中を幸せにする
茹でたてを和えたニラやほうれん草のナムル、
あるいは　ざっくり刻んでおいたキムチをのせて
母の味が染み込んだヤンニョムジャンをかければ
箸に絡まる麺が
口の中にとどまるまもなく
のどを　よろこばせる
まだ帰らない家族のために
竹籠にはふきんを被せた
チャンチグクスの麺の束
洋銀の釜には煮干しスープが　まだ熱いまま

金鐘海　1941年、釜山生まれ。『京郷新聞』で登壇。詩集に『인간의 악기(人間の楽器)』など。

ジョン（チヂミ）｜전

野菜や魚介類に小麦粉の生地をつけて焼いた料理。
日本ではチヂミと呼ばれることも多い。
漢字では「煎」と書き、鉄板などで焼いたものを意味する。
お好み焼き状に大きく焼く場合と、食材に衣をつけてピカタ状に焼く場合があり、
どちらもジョンと称する。
前者には葉ネギを具としたパジョン、熟成キムチを具としたキムチジョンなどがあり、
後者には白身魚を用いたセンソンジョン、
韓国かぼちゃを用いたエホバクジョンなどがある。

材料（2人分）

韓国かぼちゃ	1本
塩	適量
薄力粉	大さじ3
卵	2個
塩	少々
サラダ油	適量

- ヤンニョムジャン：醤油大さじ1、ゴマ油小さじ1、砂糖小さじ1/2、ニンニク（みじん切り）小さじ1/3、酒小さじ1

作り方

1) 韓国かぼちゃは5㎜幅の輪切りにし、両面に塩を少々ふって10分ほどおき下味をつける。表面に浮いた水気を拭き取る。
2) ヤンニョムジャンを混ぜておく。
3) 卵は塩少々を加えて溶き混ぜ、こし器で漉す。
4) 1) の両面に薄力粉を薄くまぶして3) にくぐらせ、熱したフライパンにサラダ油を引き、裏表が色付くまで焼く。
5) 赤唐辛子の輪切りなどで飾りをつけてもよい。

전 | 김지헌

마을 잔치가 있는 날이면 제일 먼저
가마솥 뚜껑 엎어놓고 콩기름 들기름 두르고
여자들은 둘러앉아 전을 부쳤다
동태포나 애호박에 밀가루 묻히고 계란옷 입혀
실고추, 쑥갓 잎으로 모양을 낸다
그뿐이랴
온갖 재료로 반죽을 하여 부쳐내는 부침개도 있다
지짐개나 막부치라고도 했다
그러니 한국의 전煎은 수백 가지도 넘을 것이다
어릴 적
큰댁에 제사 지내러 가신 부모님 기다리다
까무룩 잠든 밤
잠결에 고소한 냄새 풍겨오던 제사 음식에 꼴깍
입맛 다시다 잠들곤 했다
긴 겨울 지나 봄비 내리는 어느 날 냉장고를 뒤져
지글지글 빗소리 닮은 부추전과 김치전을 부치고
개다리소반에 쌀알 동동 뜬 동동주까지 곁들여
"한잔하지……" 하고 불러내면
소 닭 보듯 데면데면하던 그 남자도 금세 환해진다
그러니 제사상의 쇠고기 산적이나 싸구려 부추전도
육전이나 해물파전도 모두 평화주의자,
이 음식 앞에선 모두 마음의 빗장을 풀고
한 세상 같이 건너갈 친구가 된다
보수도 진보도 함께 어우러지는 평화주의자가 된다

ジョン｜　キム・ジホン

村で祝宴がある日はまっさきに
大きな釜のフタひっくり返して　ダイズ油やエゴマ油をひき
女たちは車座になって　ジョンを焼いた
うすく切ったタラや韓国かぼちゃに　小麦粉まぶし　卵の衣着せて
糸唐辛子、春菊の葉で　飾りをつける
それだけじゃない
あらゆるものを材料に練りこんで焼く　チヂミもある
チジムゲだとか　マクプチとも呼ばれる
そんなこんなで　韓国のジョンは数百種類を超えるでしょう

子どものころ
本家の祭祀に出かけていった父母を待って
うとうとしていた晩
夢うつつに香ばしいにおいが漂ってきて　祭祀料理にごくりと
食欲そそられつつ　眠りに落ちたものだ
長い冬が去った春の雨ふる日　冷蔵庫をあさり
じぃじぃと雨に似た音立てて　ニラジョンやキムチジョンを焼き
犬脚膳に　米粒の浮いた濁り酒まで添え
「一杯やりましょう」と呼びかければ
牛が鶏見るように無愛想だった男も　ぱっと明るくなる
そんなわけで　祭祀の膳の　牛の串焼きや安物のニラジョンも
肉ジョンや海鮮ジョンも　みな平和主義者、
この料理の前では　心のかんぬきをはずして
みなこの世をいっしょに渡る友になる
保守も進歩も一団となって　平和主義者になる

金ジホン　1956年、忠清南道江景生まれ。『現代詩学』で登壇。詩集に『회중시계(懐中時計)』など。

カムジャトク（じゃがいも餅） | 감자떡

じゃがいものでんぷんを固めた餅。
カムジャがじゃがいも、トクが餅を意味する。
松葉と一緒に蒸して調理したものはカムジャソンピョンとも呼ぶ。
じゃがいものでんぷんを練って生地を作り、
中に白あんや、豆、ゴマあんなどを詰めてひと口大にしたものを蒸す。
熱が入るとでんぷんが透き通って半透明になるのが美しく、
仕上がりも、もっちりとした独特の食感となる。
じゃがいもの主産地である江原道《カンウォンド》地方の郷土料理としても有名である。

材料（2人分）

片栗粉	2カップ
ゴマ油	大さじ1
塩	少々
熱湯	適量

• 餡：蒸したさつまいも1/2本、蜂蜜大さじ1

作り方

1）片栗粉は塩を入れて沸騰させた湯で捏ね、ラップに包んでおく。
2）蒸したさつまいもをすり潰し、蜂蜜を混ぜて餡を作っておく。
3）1）を直径5cm程度の大きさにちぎり、2）の餡を包んで丸める。指でつまんで筋をつける。
4）蒸し器に布巾を敷いて3）を並べ、約10分蒸す。
5）蒸し上がったらゴマ油を塗って出す。

감자떡 | 맹문재

내 손을 잡은 큰고모님은
말갛게 웃으신다

들일과 땔감 나무를 하느라 손이 거칠고
자식들 걱정에 머리가 세었지만
장조카를 바라보는 눈길은
윤기가 난다

상처가 나거나 상한 감자들이
물 담긴 독에 담겨 썩는 동안 내는
고약한 구린내

물을 갈아주고 또 갈아주는 손길에
구린내는 사라지고 남는
햇살 같은 녹말가루

그리하여 감자떡은
상처도 슬픔도 냄새도 감쪽같이 지운
말간 얼굴이다

할머니를 닮은 큰고모님이
눈밭에 서 있는 내게 감자떡을 내민다

カムジャトク　メン・ムンジェ

僕の手をつかんだ伯母さんは
澄んだ声で　笑っておいでだ

野良仕事と柴刈りで手が荒れ
家族の心配で髪が白くなっても
長兄の長男である甥の僕を見つめる目は
期待に満ちている

傷がついたり　いたんだじゃがいもが
水を張った甕に漬けられ　腐っていくあいだ
悪臭を出しつづける

水をとりかえ　とりかえするうちに
悪臭は去り　残ったのは
お日様の光のような　でんぷんの粉

懐かしいカムジャトクは
傷も　悲しみも　においも　跡形なく消え
澄んだ顔をしている。

祖母似の伯母さんが
雪原に立っている僕に　カムジャトクを　差しだす

孟文在　*1963*年、忠清北道丹陽生まれ。『文学の精神』で登壇。詩集に『물고기에게 배우다(魚に学ぶ)』など。評論もある。

ピビㇺパㇷ゚（ビビンバ） | 비빔밥

韓国式の混ぜご飯。ピビㇺは混ぜるという単語の名詞形で、パㇷ゚はご飯の意。
日本ではビビンバと表記されることも多い。
ご飯の上に野菜や山菜のナㇺㇽ、炒めた牛肉、生野菜、
卵黄などを彩りよく盛り付け、
コチュジャンをベースとした辛いタレをかけて味わう。
名前の通り、すべての具が渾一体となるよう、
念入りに混ぜてから食べるのが正しい作法である。
石の器に盛って熱したトルソッピビㇺパㇷ゚（石焼きビビンバ）も人気が高い。

材料（2人分）

ご飯	茶碗2杯
牛肉	60g
干し椎茸	2枚
ゼンマイ	40g
豆もやし	50g
緑豆ムㇰ	60g
韓国かぼちゃ	1/4本
にんじん	1/5本
卵	2個
塩	少々
ゴマ油	適量

- 牛肉･干し椎茸･ゼンマイ用ヤンニョㇺジャン：醤油大さじ3、砂糖小さじ1、ニンニク（みじん切り）小さじ1、ゴマ油小さじ1、胡椒少々、すりゴマ小さじ1
- 豆もやし用ヤンニョㇺ：塩小さじ1、ねぎ（みじん切り）小さじ1/2、ニンニク（みじん切り）小さじ1/4、ゴマ油小さじ1/2、すりゴマ少々
- 緑豆ムㇰ下味用：　塩小さじ1/6、ゴマ小さじ1/2
- 薬コチュジャン：コチュジャン大さじ3、ニンニク（みじん切り）小さじ1、玉ねぎ（みじん切り）大さじ1、ゴマ油小さじ1、梅肉エキス小さじ1、ゴマ小さじ1、水大さじ2

作り方

1）牛肉はペーパータオルで血を拭きとり千切りにする。干し椎茸は水で戻し、石づきを取って千切りに。ゼンマイも水に戻したのち約5cmの長さに切っておく。

2）1）を別々にヤンニョㇺに漬け、フライパンで牛肉、干し椎茸、ゼンマイの順に炒めておく。

3）豆もやしは殻とひげ根を取り、沸騰した湯に塩少々入れてゆでる。ゆで上がったら冷水ですすぎ、水気をきってヤンニョㇺで和えておく。

4）緑豆ムㇰを細長く切り、塩・ゴマ油で和えておく。

5）韓国かぼちゃとにんじんも千切りし、それぞれ炒めて塩を少々ふっておく。

6）卵の黄身と白身を分けて、白身で薄焼き卵を作り千切りにする。黄身は飾り付けようにとっておく。

7）薬コチュジャンの材料を混ぜてさっと火を通しておく。

8）平鉢にご飯をよそい2）～5）の具を盛りつけ、中央に生卵の黄身をのせる。7）を添えて出す。

비빔밥 | 오세영

음식 나라에선
비빔밥이 민주국가다.
콩나물과 시금치와 당근과 버섯과 고사리와 도라지와
소고기와 달걀―이 똑같이 평등하다.
육류肉類 위에 채소 없고
채소 위에 육류 없는 그 식자재食資材
이 나라에선 모두가 밥권을 존중한다.

음식 나라에선
비빔밥이 공화국이다.
콩나물은 시금치와, 당근은 고사리와
소고기는 콩나물과 더불어 함께 살 줄을 안다.
육류 없이 채소 없고
채소 없이 육류 없는 그 공동체 조리법
이 나라에선 아무도 홀로 살지 않는다.

음식 나라에선
비빔밥이 복지국가다.
각자 식자재가 조금씩 양보하고,
각자 조미료가 조금씩 희생하여
다섯 가지 색과 향과 맛으로 우러나는
그 속 깊은 영양가.
이 나라에선 어느 누구도 자연을 거스르지 않는다.

아아, 음식나라에선
한국이 민주주의다.
한국의 비빔밥이 민주주의다.

ピビムパプ｜　オ・セヨン

飲食《おんじき》のくにでは
ピビムパプが　民主国家だ。
豆もやしナムㇽにほうれん草　にんじん　きのこ　ワラビにトラジ
牛肉　鶏卵まで　まったくの平等。
肉類の上に野菜なく
野菜の上に肉類のないこの食材
このくにでは　みな飯の権利を尊重する。

飲食のくにでは
ピビムパプが　共和国だ。
豆もやしナムㇽはほうれん草と、にんじんはワラビと
牛肉は豆もやしナムㇽと　ともに生きていくすべを知っている。
肉類なくして野菜なく
野菜なくして肉類のない　この共同体の調理法
このくにでは　だれもひとりでは　生きない。

飲食のくにでは
ピビムパプが　福祉国家だ。
各食材がすこしずつ　ゆずり合い、
各調味料が　すこしずつ　犠牲を払い
五種類の色　香り　味として滲みだす
その　奥深い　栄養価。
このくにでは　なんぴとたりとも　自然に逆らわない。

ああ、飲食のくにでは
韓国が　民主主義だ。
韓国のピビムパプが　民主主義だ。

呉世栄　1942年、全羅南道霊光生まれ。1965年『現代文学』で登壇。
詩集『꽃들도 별을 우러르며 산다(花たちは星を仰ぎながら生きる)』[紫陽社、1994年]など。

キムパプ（韓国海苔巻き） | 김밥

韓国式の海苔巻き。キムが海苔、パプがご飯を表す。
日本のように酢飯を用いるのではなく
ゴマ油と塩でご飯に味付けをするのが特徴である。
また、海苔の表面にもゴマ油を塗る。
具には野菜のナムルや、炒めた牛肉、卵焼き、たくあん、
おでん（魚の練り物）などが定番として入る。
ツナや、チーズといった洋風の食材が使われることも多い。
韓国では外出時の弁当としてキムパプを作ることが多く、
野外でも手軽に食べられる料理として親しまれる。

材料（2人分）

ご飯	茶碗2杯
キムパプ用海苔	2枚
たくあん	2本（20cm程度）
おでん（魚の練り物）	2個（20cm程度）
ハム	2枚（20cm程度）
きゅうり	1/4本（20cm程度）
にんじん	1/5本（20cm程度）
卵	1個

- ご飯味つけ用：ゴマ油 大さじ1、塩小さじ1/2
- 材料味つけ用：醤油、砂糖、塩、それぞれ適量

作り方

1) ご飯にゴマ油と塩を混ぜ、なじませておく。
2) たくあんは1.5cm幅に切り水気を切っておく。
3) おでんは醤油と砂糖で炒める。ハムはたくあんと同じ幅に切りさっと炒めておく。
4) きゅうりとにんじんは千切りして炒め、塩で味つけしておく。
5) 卵は塩で味つけをして卵焼きを作り、長さ20cm・幅1.5cmに切っておく。
6) 海苔を敷き、1) を海苔の約2/3に広げる。
7) 準備した2) ～5) の具をのせ、手元から巻いてゆく。
8) 巻き終えたら軽く押さえ、中身がはみださないように包丁で素早くまっすぐ切る。

김밥 | 이병률

어느 날의 김밥은
굴리고 굴려서 힘이 된다
굴리고 굴려서 기쁨이 된다

잘라진 나무의 토막처럼 멋진 날이 된다

김밥은 단면을 먹는 것
둥그런 마음을 먹는 것
그 안의 꽃을 파먹는 것

아픈 날이면 어떤가
안 좋은 날이면 어떤가
김에서는 바람의 냄새
단무지에선 어제의 냄새
밥에서는 살 냄새
당근에선 땅의 냄새

아이야
혼자 먹으려고 김밥을 싸는 이 없듯이
사랑하는 날에는 김밥을 싸야 한단다

아이야
모든 것을 곱게 펴서 말아서 굴리게 되면
좋은 날은 온단다

キムパプ｜　イ・ビョンリュル

ある日のキムパプは
転がして転がして　ちからになる
転がして転がして　よろこびになる

折れた木の切れ端から新しい芽が出るように　すてきな日がうまれる

キムパプは　断面を　食べるもの
まぁるい心を　食べるもの
そのなかの花を　えぐって食べるもの

苦しい日には　どうする？
良き日でないときは？

海苔からは　風の香り
たくあんからは　過ぎし日の香り
ご飯からは　肉の香り
にんじんからは　土の香り

子よ
ひとりで食べるためにキムパプを作る人がいないように
愛する日にはキムパプを作らなければ

子よ
すべてのものを　美しく広げ　巻いて　転がすことができるなら
良き日は　やってくるのだよ

李ビョンリュル　1967年、忠清北道堤川生まれ。95年『韓国日報』で登壇。詩集『당신은 어딘가로 가려 한다(あなたはどこかへ行こうとしている)』ほか。紀行エッセイ『끌림(クルリム)』『바람이 분다 당신이 좋다(風が吹く　あなたが好きだ)』で人気に。

スジェビ（すいとん）　수제비

小麦粉をこねて適当な大きさにちぎり、牛肉、貝、煮干などのスープで茹でた料理。
日本のすいとんによく似ており、味付けは塩、醤油などで澄んだスープを作る。
もともとは、手でひねるという意味のスジョビがなまってスジェビになった。
具にじゃがいもを入れたカムジャスジェビや、
キムチを入れたキムチスジェビが一般的で、
韓国かぼちゃやキノコなどが入ることも多い。
甕に盛り付けて提供するものはハンアリスジェビとも呼ばれる。

材料（2人分）

〈生地〉

小麦粉	1カップ
塩	少々
水	大さじ4 1/2

〈煮干し汁〉

じゃがいも	1個
長ねぎ	1/2本
卵	1個
ニンニク（みじん切り）	小さじ1
醤油	小さじ1
塩	小さじ1
水	5カップ
煮干し	5匹

• ヤンニョムジャン：醤油大さじ2、ねぎみじん切り大さじ1/2、ゴマ小さじ1、砂糖小さじ1、粉唐辛子小さじ1、ゴマ油小さじ1

作り方

1) 小麦粉に水と塩を入れて練り、濡れ布巾またはラップで包んで10分程寝かせる。
2) じゃがいもは半月形に切り、水にさらしてでんぷんを取り除く。
3) 長ねぎは斜め切りにして卵と混ぜ合わせる。
4) 煮干しは頭と内臓を取り除き、軽く炒ったのち水を加えて煮る。
5) 4) にニンニク、じゃがいも、醤油を入れて煮立たせ、1) をちぎって薄く伸ばしながら入れる。
6) 3) を加えて煮立ったらアクを取り、塩で味つけする。
7) ヤンニョムジャンを添えて出す。

수제비 | 이재무

한숨과 눈물로 간 맞춘
수제비 어찌나 칼칼, 얼얼한지
한 숟갈 퍼올릴 때마다
이마에 콧잔등에 송송 돋던 땀
한 양푼 비우고 난 뒤
옷섶 열어 설렁설렁 바람 들이면
몸도 마음도 산그늘처럼
서늘히 개운해지던 것을

살비듬 같은 진눈깨비 흩뿌려
까닭 없이 울컥, 옛날이 간절해지면
처마 낮은 집 찾아들어가 마주하는,
뽀얀 김 속 낮달처럼 우련한 얼굴
구시렁구시렁 들려오는
그날의 지청구에 장단 맞춰
야들야들 쫄깃하고 부드러운 살〔肉〕
훌쩍훌쩍 삼키며 목메는 얼큰한 사랑

スジェビ　｜　イ・ジェム

ため息と涙で塩辛くなった
スジェビ　なんと辛くて、 ひりひりすることか
ひとさじすくいあげるたび
ひたいに　鼻すじに　ふきだす汗
うつわを空にしたあと
襟元ひらいて　そよ風を吹き入れれば
からだも　心も　山かげのように
ひんやり　さっぱりしたっけなぁ

みぞれ散って
わけもなくこみあげ、 昔が恋しくなったら
軒低い店に入り向かい合う、
白い湯気の中　低くかかった月のように　おぼろな顔
ぶつぶつ聞こえてくる
うらみ節に調子を合わせ
すべすべ　しこしこしたやわらかい　肉
ごくんと飲みこんでのど詰まらせる　ひりひりした愛

李載武　1958年、忠清南道扶余生まれ。『人生の文学』『実践文学』『文学と社会』で登壇。
詩集に『섣달 그믐(大晦日)』『길 위의 식사(路上の食事)』ほか。

メミルネンミョン（ソバ冷麺） | 메밀냉면

そば麺を用いた冷麺。メミルがそば、ネンミョンが漢字で冷麺を表す。
そば粉を主体として麺を作るのは
北部の平壌《ピョンヤン》地方における伝統方式であり、平壌冷麺と呼ぶことも多い。
他地域の冷麺ではさつまいもやトウモロコシ、緑豆のでんぷんを用いて麺を作る。
牛骨や牛肉で作ったスープをよく冷やし、
そば麺を入れて、茹でた牛肉の薄切り、梨、きゅうりなどの具を添える。
スープには水キムチの汁を加えることもある。
好みで酢、カラシを加えて味わう。

材料（2人分）

〈ネンミョン〉

そば粉	2カップ
片栗粉	1カップ
お湯	大さじ4

〈ネンミョンスープ〉

牛肉（胸肉と脚骨）	200g
牛肉（膝の後ろ側の肉）	50g

- 香辛菜：長ねぎ1/2本、酒大さじ2、胡椒適量、ニンニク3片

水キムチの汁	3カップ

- 調味料：塩小さじ1、酢大さじ1/2、カラシ・砂糖適量

〈具材〉

- 固ゆで卵1個、梨1/4個、大根1/3本、きゅうり1/4本

作り方

1) 牛肉類は冷水で洗い、たっぷりの水で香辛菜とともに1時間程度煮込む。骨は取り除き、肉は薄く切り、肉汁は冷ましておく。
2) 1) の肉汁3カップと水キムチの汁3カップに塩、酢、カラシ、砂糖を混ぜたネンミョンスープを冷やしておく。
3) 固ゆで卵は半分に、梨は薄切り、大根、きゅうりは薄切りにして塩につけておいて水気を切っておく。
4) そば粉と片栗粉を混ぜたものに熱湯を加えて練り、そば型に入れて押し出す（または、薄く伸ばして細切りする）。
5) 沸騰した湯に塩少々を入れて4) のネンミョンをゆで、冷水で数回すすいで水気を切る。
6) ネンミョンと牛肉、梨、大根、きゅうり、固ゆで卵を盛り付けてスープを注ぐ。

메밀냉면

장옥관

겨울을 먹는 일이다
한여름에 한겨울을 불러 와 막무가내 날뛰는 더위를 주저앉히는 일
팔팔 끓인 고기국물에 얼음 띄워
입안 얼얼한 겨자를 길들이는 일

실은 겨울에 여름을 먹는 일이다
창밖에 흰눈이 펄펄 날리는 날 절절 끓는 온돌방에 앉아
동치미 국물에 메밀국수 말아 먹으니 이야말로
겨울이 여름을 먹는 일

겨울과 여름 바뀌고 또 바뀐
아득한 시간에서 묵은 맛은 탄생하느니
아버지의 아버지의 아버지, 그 깊은 샘에서 솟아난 담담하고 슴슴한 이 맛
핏물 걸러낸 곰국처럼 눈 맑은 메밀 맛

그래서일까 내 단골집 안면옥은
노른자위 도심에 동굴 파고 해마다 겨울잠 드는데
풍속 바뀌어 겨울잠 자는 게 아니라
냉면은 메밀이 아니라 간장독 속 검고도 깊은 빛깔처럼
그윽한 시간으로 빚는 거라는 뜻 아닐는지

メミルネンミョン

チャン・オックァン

冬を　食べているのだ
真夏に真冬を呼び込もうと　猛烈に暴れる暑さをへこませること
ぐらぐら煮込んだ肉汁に氷浮かべ
口のなかに冷えた芥子を添えること

じつは　冬に夏を食べているのだ
窓のそとに雪がびゅうびゅう舞う日　かっかと熱いオンドル部屋に座って
トンチミ汁にそば入れて食べれば　これこそ
冬が夏を食べること

冬が夏に、また夏が冬へと変わった
そのはるかむかしに　このひなびた味は生まれていたのだから
父の父のそのまた父　その深い泉より湧きでた　澄んでさっぱりとしたこの味
コムタン汁のような　目のさめるそばの味

だからだろうか　私のなじみの安麺屋は
都会のど真ん中に洞穴掘って　毎年冬ごもりをするのだが
時代が変わり　あれは冬眠ではなく
冷麺はただのそばにはあらず　醤油甕のなかの黒くも深い色のように
幽玄なる時間を醸しているもの　というつもりなのではなかろうか

チャン・オックァン　1955年、慶尚北道善山生まれ。87年『世界の文学』で登壇。詩集に『황금 연못(黄金の池)』ほか。

ムㇰ（寒天）｜묵

でんぷんを固めて作った寒天ふうの食品。
用いる食材によって、どんぐりを用いたものはトトリムㇰ、
緑豆を用いたものはチョンポムㇰ、
そば粉を用いたものはメミㇽムㇰなどと呼び分ける。
これといって味のある食品ではないが、ぷるぷると柔らかな食感が好まれている。
そのまま薬味醤油につけて、あるいは生野菜やナムㇽなどと和えて食べることが多い。
かつては食べ物の乏しい時期に救荒食として作られたが、
現在は風流食、ダイエット食としても好まれる。

材料（2人分）

どんぐりムㇰ	300g
玉ねぎ	1/5個
春菊	1/2束
きゅうり	1/3本
にんじん	1/5本

- ヤンニョムジャン：醤油大さじ2、砂糖小さじ1、長ねぎ（みじん切り）大さじ1/2、ニンニク（みじん切り）小さじ1、粉唐辛子大さじ1/2、ゴマ油大さじ1/2、ゴマ小さじ1

作り方

1) どんぐりムㇰを沸騰させた湯でさっと湯がいて水気を切り、4cm×3cmほどに切って盛りつけておく。
2) 玉ねぎ、きゅうり、にんじんを千切りにする。春菊もほかの野菜と長さを揃えて切る。
3) ヤンニョムジャンの材料を混ぜておく。
4) 1) の上に2) の野菜を盛りつけ、3) をかける。

묵 | 한영옥

개나리 깔깔거리며 올라올 때쯤 해서는
아들 딸 치우는 집들도 덩달아서 피어났다.
음식 솜씨 좋은 어머니는 이 집 저 집 불려가
바쁘게 종종걸음치며 노곤한 봄과 씨름했다
한참 돌아오지 않는 어머니 기다리지 못하고
동생들 손잡은 채 울렁거리는 잔칫집 기웃대면
행주치마 속으로 묵 한 대접 그득하게 날라
모퉁이에 우리들 앉히고 얼른 먹게 하던 어머니
행주치마 펄럭이며 다시 부엌으로 종종걸음 가는
서운한 어머니와 어린 동생들 투정 섞이는 탓에
참기름 냄새 고소하게 번지는 부들부들한 맛,
왠지 서러워 울먹울먹하면서 배를 채웠는데
급하게 돌아오면서도 우리들은 체하지 않았다
그득하게 차오르는 서러움의 기억 더욱 부르려
쓸쓸한 날이면 묵 한 사발 비벼 밥 대신 먹는다
청포묵도 좋고 메밀묵이나 도토리묵이어도 좋다
뭉근하게 고여 들어 입속을 고루 만져 주다가
헛헛한 뱃속 그득하게 부풀려주는 식물성의 화평
오래 뜸들이고 있는 사람의 전갈이라도 올 듯하다
동생들 집에 뫼는 날은 푸짐하게 쑨 묵 식혀가며
그 시절 잔치들과 어머니 젊은 행주치마 꺼내본다
묵묵히 함께 가르는 묵 한 모, 두 모마다 덮이는
개나리 울타리 동글동글하던 마을의 날들 노랗다
싫지 않은 서러움의 배부름, 스윽 묵 맛을 다신다.

ムク｜　ハン・ヨンオク

レンギョウがころころ笑うように咲くころには
息子や娘が巣立つ家々もつられて咲きだした。
料理上手の母は　あの家この家と呼ばれて行き
忙しく　小走りしながら　気だるい春と格闘していた。
ちっとも帰ってこない母を待てずに
弟たちの手をとり　湧きかえる宴の家のぞいていると
前掛けに隠して　ムク　どんぶりなみなみ一杯運んできて
片隅に私たち座らせ　はやく食べなさいと言った母
前掛けひらひらさせながら　また小走りで台所へ戻っていく
母への心残りと　幼い弟たちの駄々が混じった
ごま油のかぐわしい　ぷるぷるしたムクの味、
なぜかかなしくて　泣きだしそうになりながら　お腹を満たしたのだが
急いで帰りながらも　胃もたれしなかった
いっぱいにせり上がってくるかなしさの記憶を　さらに呼び込もうと
さびしい日には　ムクどんぶり一杯　ご飯代わりに食べる
緑豆ムク良し　そばムク良し　どんぐりムクもまた良い
とろっとした舌触り　口の中　くまなく撫でてあげると
ひもじかったお腹が　たっぷり膨らんでくれる　これぞ植物がくれる平和
ながいこと待っている人からの　便りも届くだろう
弟たちが家に集まる日は　たっぷりつくったムク冷やして
あのころの宴や　あの母の前掛けを　とりだしてみる
黙々と　共に分けあうムク　ひときれひときれにかくされている
レンギョウの垣根　まんまるだった町の日々が黄色い
嫌いじゃなかったかなしみの満腹、　ぷるんとしたムクに舌鼓をうつ。

韓英玉　1950年、ソウル生まれ。73年『現代詩学』で登壇。詩集に『적극적 마술의 노래(積極的魔術の歌)』ほか。

スンドゥブチゲ（豆腐なべ） | 순두부찌개

柔らかい豆腐の鍋。スンドゥブは押し固める前の柔らかな豆腐のこと。
日本でいうおぼろ豆腐に近い。チゲは鍋料理の総称を表す。
豆腐のほかに、アサリ、エビなどの魚介、
長ねぎや青唐辛子などの野菜、キノコなどを具として用い、
粉唐辛子や唐辛子油を加えてピリ辛に味付けをする。
仕上げには生卵を落として食べることも多い。
日本にも専門店が多く、1990年代にはアメリカで流行するなど、
ワールドワイドな定着を見せる韓国料理である。

材料（2人分）

おぼろ豆腐	1丁
韓国かぼちゃ	1/3本
玉ねぎ	1/4個
長ねぎ	1/2本
干し椎茸	2枚
卵（黄身）	2個分
シーフードミックス	100g
アサリ	100g
水	5カップ
塩、胡椒	各適量
ゴマ油	小さじ1

- ヤンニョムジャン：粉唐辛子大さじ2、ニンニク（みじん切り）小さじ1、ゴマ油大さじ1、醤油小さじ1、胡椒少々

作り方

1) ヤンニョムジャンの材料を混ぜてペースト状にしておく。
2) 砂抜きしたアサリに水を加えて火にかけ、口が開いたらアサリを取り出し、スープは漉しておく。
3) シーフードミックスを塩水で洗ってザルに上げ、塩と胡椒をふりかけておく。
4) 韓国かぼちゃ、玉ねぎ、干し椎茸は2.5cm角に切り、長ねぎはぶつ切りにする。
5) 長ねぎ以外の野菜をゴマ油で軽く炒め、1)を入れてさらに炒める。
6) 5)に2)を入れ煮立ったらアサリと3)を加えて弱火にし、さらに水気を切った豆腐を入れ、塩で味つけする。
7) 卵の黄身を浮かべる。

순두부찌개 | 공광규

순두부는 부드럽고 연하고 순해서
조금만 건드려도 부서지고 뭉개지기 쉬운 뇌 같은 것
마음 같은 것
연인의 입술이나 덜 익은 사랑 같은 것
그래서 처음에는 약한 불로 요리를 시작해야 하지
사랑의 처음처럼 약한 불에 참기름과 고추를 볶아 고추기름을 만들고
다음엔 좀 진전된 사랑처럼 센 불에 돼지고기를
돼지고기가 없으면 쇠고기를 볶아 입맛을 두텁게 하지
거기에 물을 붓고 마음처럼 잘 끓으면
양념으로 파와 바지락을 넣고 순두부를 넣으면 되지
계란은 넣어도 되고 안 넣어도 되고 요리사 맘대로
소시지를 넣으면 부대순두부찌개
김치를 넣으면 김치순두부찌개
만두를 넣으면 만두순두부찌개
버섯을 넣으면 버섯순두부찌개
들깨를 넣으면 들깨순두부찌개
굴이나 새우나 주꾸미를 넣으면 해물순두부찌개
사랑에 무르익은 애인처럼 부드럽고 연하고 순하여
다른 것과도 잘 어울리는 순두부는 입술의 맛
그러나 급하게 먹으면 입에 화상을 입을 수 있지
급한 사랑처럼
그래서 후후 불면서 먹어야 해
살갗에 불어오는 봄바람 흉내를 내며

スンドゥブチゲ

コン・グァンギュ

スンドゥブはやさしく　やわらかく　すなおで
ちょっとふれただけで崩れてつぶれてしまいそうな　脳　のようなもの
心　のようなもの。
恋人のくちびる、 あるいはまだ慣れていない　恋　のようなもの
だから　はじめは弱火で作らなければ
恋のはじめのように弱火に　ごま油で唐辛子を炒って唐辛子油を作り
つぎは　ちょっぴり発展した恋のように　強火で豚肉を
豚がなければ牛肉を炒め　味に厚みをだそう
そこへ水を注ぎ　心のように煮立ったなら
ヤンニョムとして　ねぎ　アサリを加え　豆腐を入れてできあがり
卵は入れても入れなくてもよし　料理人の心のままに
ソーセージを入れれば　ソーセージスンドゥブチゲ
キムチを入れれば　キムチスンドゥブチゲ
餃子を入れれば　餃子スンドゥブチゲ
キノコを入れれば　キノコスンドゥブチゲ
エゴマを入れれば　エゴマスンドゥブチゲ
カキ　エビ　イイダコを入れると　海鮮スンドゥブチゲ
成熟した恋人のように　やさしく　やわらかく　すなおで
ほかのものともよく調和するスンドゥブは　くちびるの味
でも　慌てて食べると　火傷しますよ
せっかちな恋のように
だから　ふうふう吹きながら　食べなければいけません
肌に吹いてくる　春風の真似をしながらね

コン・グァンギュ　1960年生まれ。86年『東西文学』で登壇。
詩集に『대학일기(大学日記)』『마른 잎 다시 살았다(枯葉がまた生き返って)』など。評論集もあり。

ソンジヘジャンクㇰ（酔い覚ましスープ） | 선지해장국

牛の血入りスープ。
ソンジは牛を解体するときに出る新鮮な血液のことで、
煮こごり状に固めたものを具とする。
これといった味のない食材ではあるが、ぷりっとした食感を楽しむことができる。
ヘジャンクㇰは酔い覚ましのスープを表し、ソンジクㇰとも呼ばれる。
ソンジのほかに牛の内蔵や、ウゴジと呼ばれる白菜の外葉、長ねぎといった具を加え、
塩、味噌、粉唐辛子などで味つけをする。
スープにご飯を入れた状態で提供することもある。

材料（2人分）

牛肉	100g
水	5カップ
ソンジ（牛血）	煮こごり状1パック
味噌	大さじ1
塩	少々
長ねぎ	1/3本
ウゴジ（白菜の外葉などを干したもの）	30g

- ウゴジ用下味：醤油大さじ1、おろしニンニク大さじ1、
- 香辛菜：長ねぎ1/4本、ニンニク3片、胡椒適量、酒大さじ1

作り方

1) 冷水に漬けて血抜きした牛肉を鍋に入れ、水を注いで強火で煮ながら香辛菜を入れる。煮立ち始めたら弱火にして20分以上じっくり煮込む。
2) 塩を加えた熱湯にソンジのかたまりを入れ、ゆで上がったら冷水につけておく。
3) ウゴジは湯がいて冷水で締める。水気を絞って食べやすい大きさに切り、下味をつけておく。
4) 1) のスープができあがったら骨を取り出して味噌を溶き入れる。3) をスープに加えて煮る。
5) 4) がひと煮立ちしたら2) を入れて塩で味つけし、斜めに切った長ねぎを加える。

선지해장국 | 신달자

한 사내가 근질근질한 등을 숙이고 걸어갑니다
새벽까지 마신 소주가 아직 온몸에 절망을 풍기는
저 사내
욕을 퍼마시고 세상의 원망을 퍼마시고
마누라와 자식까지 고래고래 소리를 지르며 퍼마시다가
누구를 향해 화를 내는지 두리번거리다 다시 한잔
드디어 자신의 꿈도 씹지도 못한 채 꿀꺽 넘겨버린
저 사내
으슥으슥 얼음이 박힌 바람이 몰아치는 청진동 길을
쿨럭쿨럭 기침을 하며 걸어가다가
바람처럼 '선지해장국' 집으로 빨려들어갑니다
야릇한 미소를 문지르며 진한 희망 냄새 나는
뜨거운 해장국 한 그릇을 받아 드는데
소의 피, 선지 한 숟가락을 물컹하게 입 안으로
우거지 한 숟가락을 들판같이 벌린 입 안으로
속풀이 해장국을 한 번에 후루룩 꿀꺽 마셔버리는데
그 사내 얼굴빛 한번 시원하게 불그레합니다
구겨진 가난도 깡소주의 뒤틀림도 다 사라지고
속터지는 외로움도 잠시 풀리는데
아이구 그 선짓국 한 그릇 참 극락 밥이네
어디서 술로 밤을 지샌 것일까 구석진 자리
울음 꽉 깨무는 한 여자도
마지막 국물을 목을 뒤로 젖힌 채 마시다가
마른 눈물을 다시 한 번 문지르는데
쓰린 가슴에 곪은 사연들이 술술 사라지는데
여자는 빈 해장국 오지그릇을
부처인 듯 두 손 모으고 해장국 수행 끝을
희디흰 미소로 마무리를 하는데……

ソンジヘジャンクㇰ｜　シン・ダルジャ

ひとりの男が　背を丸めぐずぐず歩いていきます
夜明けまで飲んでいた焼酎が　まだ全身に絶望のにおいを漂わせている
あの男
ののしりながら　世間を恨みながら
女房や子どものことまで　大声でわめきながら飲んで
だれに怒りをぶつけているのか　きょろきょろしながらまたもう一杯
ついに自分の夢も咀嚼できないまま　飲み込んでしまった
あの男
しんしんと氷の風が吹きつける清進洞《チョンジンドン》の道を
咳き込みながら歩いていき
風のように　ソンジヘジャンクㇰ屋に　吸い込まれます
ふしぎな薄笑いを浮かべながら　希望のにおい濃くさせて
熱い酔い覚ましスープ一杯受けとり
牛の血、ソンジひとさじを　ぐちゃっとさせて口の中に
野菜の切れはしを　野原のように広げた口の中に
憂さ晴らしのスープいちどにずずっと飲み干し
その男　顔色さっぱり　赤くなります
気の滅入る貧乏　つまみなしの焼酎への怒りもみな消え
胸がはりさけそうな孤独からも　しばし解放され
アイゴー　その酔い覚ましスープ一杯が　じつに　至福の味なんです
どこで酔いつぶれて夜を明かしたのか　奥の席で
涙かみしめているひとりの女も
スープの最後の一滴まで　喉のけぞらせて飲めば
乾いた涙をぬぐって
痛む胸に膿んだ事情が　するする解けて
女は　空になった酔い覚ましスープのうつわを
仏さまでもあるかのように　手を合わせ　酔い覚まし修行の終わりを
真っ白い微笑で締めくくっているのです……

慎達子　1943年、慶尚南道居昌生まれ。72年『現代文学』で登壇。詩集に『봉헌문자(奉納文字)』『冬祭り』など。散文集『白痴の恋人』。

ユッケジャン（牛肉と野菜の辛いスープ）　육개장

牛肉と野菜の辛いスープ。
塊のまま煮込んだ牛赤身肉を細く裂き、
豆もやし、ワラビ、芋がら、長ねぎなどの野菜と一緒に煮込む。
味付けは塩、醤油のほか、唐辛子油を加えてピリ辛に仕上げる。
ユッケジャンの赤い色には病気や災厄をもたらす鬼神を追い払う力があるとされ、
夏バテ防止に食べられるほか、葬儀時には参列者に振る舞う文化がある。
うどんを入れたユッケジャンカルグクス、
鶏肉を用いたタッケジャンという派生料理もある。

材料（2人分）

牛肉	100g
水	5カップ
長ねぎ	1/3本
ワラビ	60g
豆もやし	100g
赤唐辛子	1本
卵	1個
ゴマ油	大さじ2
塩	少々

- 香辛菜：長ねぎ1/4本、酒大さじ1、胡椒少々
- ヤンニョムジャン：醤油大さじ1、粉唐辛子大さじ2、ねぎ（みじん切り）大さじ1、ニンニク（みじん切り）大さじ1/2、生姜（みじん切り）小さじ1、胡椒少々

作り方

1) 鍋に水と牛肉と香辛菜を入れて沸騰したら中〜弱火で20分煮る。
2) 1) の肉を取り出して細かく裂き、スープは別にしておく。
3) 長ねぎは長めに、ワラビは食べやすい長さに、赤唐辛子は斜めに切る。豆もやしは洗って殻とひげ根を取る。
4) 2) の肉と3) にヤンニョムジャンをからめ、ゴマ油で軽く炒める。
5) 4) に2) のスープ4カップを注ぎ弱火で10分ほど煮たら、卵を溶き入れ、塩で味付けする。

육개장 | 신중신

무더운 여름을 어떻게 넘겼냐고 묻는가?
솥에서 슴슴 끓는 육개장,
이열치열의 염천 보양식 있어
구슬땀 쏟는 한낮, 그것으로 근기 지탱해 왔으니
이 얼마나 고마운 일인가.
삶은 쇠고기—깃머리 양지머리 걸랑을 찢어 깔고
숭숭 썰어 놓은 대파 무
살진 고사리 숙주 토란줄기 입맛 따라 넣어
얼큰하게 끓인 육개장.
멀리서 찾아온 손을 맞은 겸상에서 흐뭇하고
막걸리 한 사발과 함께 하는 출출한 저녁참에도
이 한 그릇 있어 사는 재미를 느낀다네.
춥고 긴 겨울을 어찌 날 거냐고 묻는가?
뜨끈하고 불그스레한 국물 위에
고추기름 둥둥 뜨는 육개장 한 그릇,
그거면 이내 콧잔등엔 땀이,
불시에 뱃속이 후끈해지며
허리마저 백두대간처럼 꼿꼿해지지 않던가.
없던 배짱도 두둑이 생겨
한밤중 태백준령도 거뜬히 넘을 것 같으니
한기며 고뿔이 뭔 줄을 모른다네.

ユッケジャン

シン・ジュンシン

蒸し暑い夏をどう過ごしたかって？
釜でぐつぐつ煮えてるユッケジャン、
熱を熱で制する炎暑養生法で
玉の汗が吹き出る昼ひなか、 それで持ちこたえてきたのだから
これが　どれほど有り難かったか。
茹でた牛肉を　裂いて敷き
ざくざく切っておいた　ねぎ　大根
ワラビ　豆もやし　サトイモの茎　食欲そそるように
ぴりぴり辛く煮立てるユッケジャン。
遠くから訪ねてきた友と向かいあい
マッコルリどんぶり一杯を共にして
ユッケジャンこの一杯がやれうれし
寒く長い冬をどうやり過ごすかって？
熱々の赤みがかったスープの上に
唐辛子油浮かぶ　ユッケジャン一杯
食えばすぐ小鼻に汗が、
腹の中が　かっかと熱くなり
腰までも白頭大幹のように豪気になった。
度胸が湧き出て
一晩中　太白《テベク》山脈もかるがる越えられそう
寒気も　風邪も　なにするものぞ。

シン・ジュンシン　1941年生まれ。62年『思想界』で登壇。詩集『고전과 생모래의 고뇌(古典と生砂の苦悩)』『아름다운 날들(美しい日々)』など。

ミヨックㇰ（ワカメスープ） | 미역국

ワカメスープ。ミヨッがワカメ、クㇰがスープを意味する。
刻んだワカメを牛肉や貝などとともにゴマ油、ニンニクで香ばしく炒め、
水を加えて煮込んで作る。味付けは塩や醤油で整える。
ワカメはカルシウム、ヨードなどのミネラルを豊富に含むことから、
出産後の母親に食べさせる習慣がある。
転じて、母への感謝を込めて誕生日に食べるスープでもある。
逆にワカメがぬるぬるすべることから、試験の日に食べてはいけないとの俗信もある。

材料（3人分）

乾燥ワカメ （乾燥ワカメを水に戻したもの）	15g
牛肉	100g
水	4カップ
ゴマ油、塩、胡椒	各適量

• ヤンニョム：ニンニク（みじん切り）小さじ1、醤油大さじ1/2、胡椒少々

作り方

1）水に10分ほど漬けて戻したワカメの水気を切って、食べやすい大きさに切る。
2）牛肉は2cm角に切り水に漬けて血を抜く。鍋に肉を入れて塩と胡椒、水（分量外）を加え3分ほどゆでたら取り出し、冷水できれいに洗う。
3）1）と2）をゴマ油で炒め、ヤンニョムで味つけする。
4）3）に水4カップを少しずつ加え、強火で煮る。
5）煮立ったら弱火でさらに煮て、塩で味付けする。

＊牛肉の代わりに、ホタテ貝やアワビを使ってもよい。

미역국 | 이규리

엄마의 맛

엄마가 나를 낳고 미역국 먹을 때
더운 국물 먹고 눈물 같은 땀을 쏟아낼 때
길고 어두웠던 산고가 비로소 씻겨나갔다고

열 달을 품었던 생명 쏟아내고
이 땅, 엄마의 엄마 할머니의 할머니가 먹었던 미역국
텅 빈 자궁을 채우고 생살을 아물게 하는
미역국에서 엄마가 나왔다

외로운 산모들을 치유한 눈물 같은 국이었으니
이상도 하지
미역국 먹으면 분노도 고통도 사라지고
순한 고요가 몸 가득 출렁이지
몸이 곧 마음인 걸 믿게 하는 국이지

마음이 허한 날은 미역국을 끓인다
입 안에 부드럽게 감기는 푸른 바다

미역국을 먹고 엄마가 되었다
엄마를 알았다

ミヨックク | イ・ギュリ

母さんの味

母さんが私を産んで　わかめスープ飲んだとき
熱いスープ飲んで　涙のような汗を　とめどなく流したとき
ながくて　暗かった　産みの苦しみが　ようやく報われたって

十月《とつき》抱かれていたいのちが　こぼれ落ち
この大地、母さんの母さん　お祖母さんのお祖母さんが飲んだ　わかめスープ
すっからかんになった子宮を満たして　皮膚をきれいにするという
わかめスープから　母さんが生まれた

心ぼそい産婦たちを癒した涙のようなスープだから
すこしも不思議じゃない
わかめスープを飲めば　怒りも　苦痛も去り
おだやかな静けさがからだに満ちて　ゆったり波打つのです
からだがすなわち心だってこと　信じるようになるのです

心がからっぽの日には　わかめスープを作る
口の中に　やわらかく絡みつく　青い海

わかめスープを飲んで　母さんになる
母さんのこと　わかった

李ギュリ　1955年、慶尚北道聞慶生まれ。94年『現代詩学』で登壇。詩集に『뒷모습(後姿)』『앤디 워홀의 생각(アンディ・ウォーホルの考え)』など。

トックㇰ（雑煮）　떡국

韓国式の雑煮。トッ（トㇰ）が餅、クㇰがスープを表す。
古くはピョンタン（餅湯）とも呼んだ。
牛肉を煮込んでスープを作り、塩、醤油などで澄まし仕立てにする。
餅はうるち米で作った棒状のカレトㇰを用い、小判型にスライスしてたくさん入れる。
棒状の形は長寿を、小判型は富裕を表す。
北部の開城《ケソン》地域では雪だるま型の餅で雑煮を作り、これをチョレンイトッククㇰと呼ぶ。
マンドゥ（餃子）を一緒に入れることもあり、こちらはトンマンドゥククㇰと呼ぶ。

材料（2人分）

トㇰ（餅）	300g
牛肉	100g

• 牛肉下味用：ニンニク（みじん切り）、塩、胡椒 各少々

水	5カップ
塩	大さじ1/2
長ねぎ	1/2本
卵	1個
海苔、ゴマ油	各少々

作り方

1) 牛肉は水に漬けて血抜きをし、水気を拭いて食べやすい大きさに切る。トㇰは10分ほど水につけておく。
2) 長ねぎは斜め切りにする。
3) 1) をニンニクみじん切り、塩、胡椒で炒め、火が通ったら水5カップを入れて煮立てる。沸騰したらアクを取る。
4) 2) と卵を混ぜ合わせて3) にいれる。
5) 椀に盛りつけ、海苔やゴマ油をかける。

떡국 | 이근배

까치설날이면 우리 동네 삼꽃마을
김 구장댁 마당의 발동기가
숨가쁘게 통통거렸다
집집마다 시루에서 쪄낸 쌀밥을 이고 지고 와서
발동기로 떡가래를 뽑아 가느라 붐볐다
우리 집 박 서방이 한 짐 날라 온
떡가래를 협도로 써는 일은 내 몫이었다
종갓집 맏며느리인 어머니는 밤늦도록
오대五代 봉사 차례상에 올리는
제수 준비를 해놓고는
외동아들 설빔으로 솜바지저고리 조끼까지
손바느질로 끝내느라 꼬박 밤을 밝히셨다
차례를 지내고 어른들께 세배를 드리고
온가족이 둘러앉아 먹는 한 그릇 떡국은
우리네 가장 큰 명절인 설날 아침에만 맛볼 수 있는
축제의식의 아주 맛있는 별미였다
"떡국을 많이 먹으면 죽는단다"
할머니의 우스개 말씀처럼 떡국 한 그릇은 나이 한 살
떡국 먹고 나이 먹고 떡국 먹고 키가 크고
잠자리에 들면서 손꼽아 기다리던
설날은 떡국 먹는 날
먹은 나이 다 내려놓고 돌아갔으면
어머니가 지어주신 새 한복 입고
조상님께 절하던 그 아침으로

トックク｜イ・グンベ

大晦日ともなると　故郷のサムコッ村では
キム区長の家の庭にある餅つき機が
息せききって　どんどん働くのだった
家ごとに　蒸籠で蒸した米を　頭に乗せたり担いだりしてきて
餅つき機で　棒状の餅に伸ばすので　混みあった
うちのお婿さんのパクさんが運んできた
棒状の餅を包丁で切るのが　私の役目だった
本家の長男の嫁である母は　夜も更けると
五代祭礼に供える
祭物の準備をした上に
ひとり息子の晴れ着に綿入りパジ・チョゴリ　チョッキまで
手縫いで仕上げようと　まんじりともせず夜を明かした
祭礼をすませた大人たちに　新年の拝礼を行って
家族全員が車座になって食べる一杯の雑煮は
私らのいちばん大事な祝日である正月の朝にだけ味わえる
とてもおいしい　格別の料理だった
「雑煮を食べすぎると死ぬんだって」
祖母の冗談のように　雑煮一杯でひとつ歳をとる
雑煮を食べて　歳をとって　雑煮を食べて　背が伸びて　と
寝床でききながら　指折り数えて待った
正月は　雑煮を食べる日
とった歳の分だけ戻れたらなぁ
母が誂えてくれた新しい韓服着て
ご先祖さまを拝んだあの朝に

イ・グンベ　1940年、忠清南道唐津生まれ。60年代に主要日刊紙で登壇。詩集に『노래여 노래여(歌よ歌よ)』など。

チョングクチャン（韓国風納豆鍋）　청국장

韓国式の納豆汁。
チョングクチャンは納豆のような香りを持つ促成味噌の一種で、
この味噌を用いたチゲをチョングクチャン、またはチョングクチャンチゲと呼ぶ。
語源には諸説あり、かつて清から製法が伝わったことから「清麹醤」、
または戦時中に即席で作ったことから「戦国醤」から転じたと語られることが多い。
具には豚肉や牛肉、白菜キムチ、豆腐、長ねぎ、キノコなどを加えて煮込む。
水のかわりに米のとぎ汁を用いることも多い。

材料（2人分）

牛肉	60g
白菜キムチ	100g
豆腐	1/2丁
長ねぎ	1/2本
青・赤唐辛子	各1/2本
食用油	少々
米のとぎ汁	4カップ
チョングクチャン	大さじ4
ニンニク（みじん切り）	小さじ1
塩	適量
食用油	少々

作り方

1) 牛肉は水に漬けて血抜きし、水気を拭いて食べやすい大きさに切っておく。
2) 白菜キムチと豆腐も食べやすい大きさに切り、長ねぎ、青・赤唐辛子は斜め切りしておく。
3) 食用油で白菜キムチを炒め、1) を加えて味が馴染んだら米のとぎ汁を注ぎ、チョングクチャンとニンニクを加える。
4) 3) が煮立ったら、豆腐、長ねぎ、青・赤唐辛子を加え、沸騰したら弱火にして塩で味付けする。

청국장 | 이승하

할머니가 메주를 뜨는 날은
온 동네에 고약한 냄새가 퍼지는 날이었다
할머니가 간장을 쑤는 날은
온 동네의 개들이 짖어대는 날이었다

그보다 열 배는 더 고약한 냄새
청국장을 보글보글 끓이는 날은
창문 다 열고 선풍기까지 동원하지만
냄새는 옷에도 몸에도 가방에도 배어
우리는 학교에 가서 얼레리 꼴레리
바지에 똥 싼 아이 취급을 받았다

냄새는 고약하지만 맛은 죽여주는 청국장
할머니 손끝은 참으로 요술쟁이여서
이맛살 찌푸리며 한 숟갈 뜨면
미소가 번지면서 숟갈질이 바빠졌다
메주콩을 더운 물에 불렸다 물을 붓고 푹 끓여
말씬하게 익힌 다음 보온만으로 띄운 청국장
콩 사이사이에 볏짚을 넣고 띄우면
똥 색깔 똥 냄새 할머니처럼 퀴퀴한 청국장

할머니 돌아가신 뒤
이 세상에서 제일 맛있는 것이 사라졌다

チョングクチャン

イ・スンハ

祖母が　味噌玉を作る日は
村じゅうに　すごいにおいが広がった
祖母が　醤油を仕込む日は
村じゅうの犬が吠えつづけた

それより十倍はひどいにおい
チョングクチャンをぶくぶく煮立てる日は
窓をぜんぶ開け放ち　扇風機まで動員するけど
においは　服にも　からだにも　カバンにもしみ込んで
ぼくたちは学校に行くと　やぁいやぁいクソったれと
ズボンにクソつけた子の扱いを受けた

においはひどいけど　味は本当にすばらしいチョングクチャン
祖母の手さばきは　じつに魔法使いのようで
ひたいにシワ寄せ　しかめっつらで　さじを持ち上げると
微笑が広がり　さじづかいが早くなるのでした
味噌玉の豆を　湯でふやかし　水を注いで　じっくり煮込み
ふっくらなじんだあとは　ただただ保温して発酵させたチョングクチャン
豆のあいだあいだに稲わらを入れて発酵させると
クソ色　クソのにおい　祖母のにおいのチョングクチャン

祖母が逝かれたあと
この世でいちばんおいしかったものが　去ってゆきました

イ・スンハ　1960年、慶尚北道義城生まれ。84年『中央日報』で登壇。詩集に『사랑의 탐구(愛の探求)』など。他に小説集、詩論集、散文集もあり。

サムゲタン（蔘鷄湯）　삼계탕

高麗にんじんとひな鶏のスープ。
漢字で参鶏湯と書き、高麗人「参」と「鶏」肉の「湯（スープ）」という意味を表す。
かつては鶏《ケ》参湯《サムタン》とも呼ばれた。
ひな鶏の腹にもち米や高麗にんじん、なつめ、ニンニク、銀杏、栗などを詰めて煮込んで作る。
味付けは薄い塩味に留め、薄い場合は卓上の塩で食べる人が調節をする。
夏バテ防止の料理という側面があり、
盛夏に3度「伏日《ポンナル》」というサムゲタンを食べる日がある。

材料（2人分）

鶏	1羽
もち米	大さじ5
高麗にんじん	1/2本
さつまいも	1/4本
なつめ	3個
松の実	少々
卵（黄身）	1個

- 調味料：長ねぎ1/2本、玉ねぎ1/2個　ニンニク適量

＊さつまいもの代わりに栗を使ってもよい。

準備

1）鶏は頭と脚を切り離し、腹を裂いて内臓を取り除き、きれいに洗っておく。
2）もち米は洗って水に30分ほど漬けておく。
3）高麗にんじんはブラシできれいに洗っておく。
4）さつまいもは皮をむき洗っておく。
5）なつめをふいておき、松の実の芽を取っておく。

作り方

1）鶏は腹の下側に脚を差し込み、鞘を出しておく。
2）鶏の腹の中に準備しておいた材料を全て詰める。
3）材料がはみ出さないように腹をしっかり閉じ、脚を交差させて1）の鞘に差し込む。
4）鍋に3）を入れ、かぶる程度に水を注ぎ、玉ねぎ、長ねぎ、ニンニクを加えて中火で1時間煮る。
5）鶏を皿に移し、野菜を取り除いたスープを注ぐ。
6）玉子は黄身のみ薄く焼いて菱形に切り、なつめと飾りをつける。
7）食べる際に好みで塩味をつける。

삼계탕 | 이은봉

초등학교를 졸업하며 고향을 떠난 후 평생을 이 도시, 저 도시 떠돌아다니며 살았다
자취를 하거나 하숙을 하거나…… 먹는 것이 부실해 늘 비실거렸다
중학교 다닐 때, 고등학교 다닐 때, 개학을 하고 좀 지쳐 있을 때, 집 떠난 지 어느덧 한 달쯤 되었을 때
주춤주춤 식목일이 왔다 한식일이 왔다 청명일이 왔다 주말에 잇닿은 휴일이 왔다
비실거리며 고향집 문턱을 들어서면 와락, 밀려들던 삼계탕 냄새,
어머니는 객지에서 고생하는 장남을 위해 올해 한식일에도 삼계탕을 끓였다
멋쩍고 미안하고 죄스러워 어머니, 고마워요 낮고, 작고, 조그맣게 겨우 한 마디 뱉었다
닭을 잡아 뱃속에 찹쌀, 마늘, 인삼, 대추, 밤, 호박씨 등을 넣고 푹푹 끓인 삼계탕 한 그릇을 먹고 나면,
온몸이 뜨거웠다 기운이 불끈 났다 더는 세상이 두렵지 않았다
그런 마음으로 지난 겨울 눈보라를 잘 견디셨는지 어떤지 조상님들 산소 한 바퀴 휙 둘러보았다
어머니의 사랑이 담뿍 담긴 삼계탕 한 그릇을 먹고 도시로 돌아와도 보이지 않는 각개전투는 여전히 나를 기다리고 있었다
끊임없이 밀려드는 글자들의 아래에 악착같이 나는 밑줄을 긋고 또 그었다.

サムゲタン｜　イ・ウンボン

小学校を出て故郷を後にしてからの人生　この街あの街と　さすらいながら生きてきた
自炊をしたり　下宿したり……食べるのに事欠き、 いつもふらついていた
中学、 高校と学期が始まって少し疲れたころ、 家を出てひと月ほど経ったころ
植樹の日[*1]　寒食の日[*2]　清明の日[*3]　さらに週末がやってきて　つぎつぎ休日が続いた
ふらふらしながら　故郷の家の門をくぐればとつぜん、 押し寄せるサムゲタンのにおい、
オモニは　よその街で苦労している長男のために　今年の寒食日にも
サムゲタンを煮込んでいた
オモニありがとう、 きまりが悪くすまなくて、 低く、 ちいさく
ほんのひとこと　言った。
鶏の腹の中にもち米、 にんにく、 高麗にんじん、 なつめ、 栗、 かぼちゃの種など
詰め　ぐつぐつ煮込んだサムゲタン一杯食べれば、
からだじゅう熱くなって　気運みなぎり　もうこれ以上世の中が怖くなくなった
そんな心で去年の冬　吹雪をうまくくぐり抜けられたかどうか
先祖の墓をひとめぐり巡ってみた
オモニの愛がたっぷり盛られたサムゲタン一杯食べて　街に
戻ってくれば　目には見えない他郷での戦いは[*4]　依然として私を待っていた
絶えることなく押し寄せる文字の下に　粘り強く私は　アンダーラインを引いては　また引いた。

*1「植樹の日」4月5日。 木を植える日。
*2「寒食の日」冬至から105日目にあたる日で毎年4月5～6日頃。 墓参りをする。
*3「清明の日」春分から15日目の4月5日ごろ。 草を踏み、 墓参りをする。
*4「他郷での戦い」受験のために故郷を離れ下宿をしながら勉学にいそしむこと。

李殷鳳　1953年、忠清南道公州生まれ。84年作品活動開始。詩集に『좋은 세상(素晴らしい世界)』など。詩論集もあり。

コンナムㇽクㇰ（豆もやしスープ）｜콩나물국

豆もやしのスープ。
コンナムㇽは豆もやし、クㇰはスープを意味する。
煮干、昆布などでとったダシに豆もやしを入れて煮込む。
薄い塩味の澄まし仕立てで、刻みニンニクや刻みねぎを加えることもある。
温かいまま飲むだけでなく、夏は冷たくしても美味しい。
ご飯に添えるスープのひとつとして親しまれており、
中でも全州《チョンジュ》式のピビㇺパㇷ゚には欠かせない存在である。
豆もやしのスープにご飯を入れたコンナムㇽクㇰパㇷ゚という料理もある。

材料（2人分）

豆もやし	100g
長ねぎ	1/2本
赤唐辛子	1本
水	4カップ
ニンニク（みじん切り）	大さじ1/2
醤油	小さじ1/2
塩、胡椒	適量

作り方

1）豆もやしは豆の殻とひげ根を取り除いてきれいに洗い、ザルに上げておく。
2）鍋に水、豆もやし、ニンニクを入れ、蓋をして煮る。沸騰するまで鍋のふたを開けないようにする。
3）沸騰したら醤油、塩、胡椒、斜め切りにした長ねぎと赤唐辛子を入れ、再度煮立たせてから盛りつける。

콩나물국

한분순

낙천의 꽃송이들 봉긋 부풀어
서로 기대 곁을 내주며

젖살 오른 안개처럼 흐드러진 잔가지
아양이 명랑하다
가닥가닥 감싸쥐고
여린 것이 거쳐 온
생채기를 다듬는다.

수다스러운 물소리, 노닥대는 콩나물들
내 손등에 장난 걸 듯 간지럽히다가
바가지 안 다소곳이 머무는 노란 꽃물.
솥에서 바지런히 달그락거리며
녹녹한 서정이 익는다

콧등 언저리 일렁이는 나긋함, 하루치 삶에 메슥하던 속이 입맛을 다신다

대접 가득히 달궈진 위로
얼른 한 모금 떠먹어 넋두리를 가라앉힌다
내 입술에 닿은 뜨거운 시

コンナムルクク

ハン・ブンスン

陽気な花房　ぷっくりふくらんで
たがいに　身を寄せあい

霞がかった　ひとかたまりが
あかるい愛嬌　振りまいている

数本ずつ　ていねいに摘みとり
弱いものが受けてきた
傷口を　撫でる。

おしゃべりな水音、しきりにふざけつづける　豆もやしたち
私の手の甲に　悪戯するのか　くすぐったいけど
パガジの中　さからわずに待っている　黄色い豆たち。

釜の中で　気忙しくコトコトいいながら
やわらかい抒情が　熟している

鼻筋のあたりをゆらめく湯気、一日分のいらだった
胃袋が　息をふきかえす

平鉢なみなみ
急ぎひと口すくって食べ　愚痴を　しずめる
私の口びるに触れた　あつあつの　詩

韓粉順　1943年、忠清北道陰城生まれ。70年『ソウル新聞』で登壇。詩集に『손톱에 달이 뜬다(爪に月が浮かぶ)』など。

マッコルリ（にごり酒）｜막걸리

韓国式のどぶろく。
米や小麦などの穀物で造った醸造酒でアルコール度数は6% 前後と低い。
語源は「粗く濾したもの」という意味で、清酒を造る際に残った沈殿物へ水を足し、ざるなどで粗く濾して造ったことに由来する。
現在は副産物としてではなく、多くの醸造場が専門的にマッコルリを造っている。
かつては農酒《ノンジュ》とも呼ばれ、農作業の合間に飲んだ酒としても知られる。
近年は洗練が進んでマッコルリ専門のバーやダイニングも増えている。

材料

米	1kg
麹	300g
水	2リットル

作り方

1) 米をよく洗い、水に1時間ほどつけてから水をきる。
2) お湯を沸かした蒸し器にさらしを敷き、米を入れて50分ほど蒸す。
3) 2) の固めに蒸した米をテーブルなどに敷き詰めて冷ます。
4) 大きなボウルに3) の冷めた米を入れ、麹、水を加えてよくかき混ぜる。
5) 消毒した容器に4) を入れ、布などでふたをして空気が通るようにしておく。
6) 室温25℃のところに置き、一日朝晩と2回かき混ぜる。
7) 6日後、発酵したら出来上がり。

막걸리 | 김왕노

잡수시오, 잡수시오
이 술 한 잔 잡수시오
이 술은 술이 아니라
우리 모친 눈물일세
우리 모친 땀이로세
권주가 권주가를 부르면서
술지게미 먹고서
진달래 같은 어린 얼굴로
춘궁기 고개 넘어가듯
고부로 삼남으로
마음 죽창으로 깎아들고
육자배기 부르며
고개 넘어 넘어서 가자
어깨 들썩이면서 가자
허기지면 권주가로
막걸리잔 나누면
태평성대가 뭐 부러우랴
낙화유수가 뭐 대수이랴
용수 박아 고운 술 떠내고
천한 듯 막걸러낸 술이지만
어디 막걸리가 막걸리냐
잔 가득 철철 넘치는 정이지
그믐의 가슴 환히 밝히는
사랑의 묘약 중 묘약이지

マッコルリ　キム・ワンノ

さあ飲んでください、 飲んでください
この酒一杯　飲んでください
この酒は酒じゃぁなくて
母の涙なんだなぁ
母の汗なんだなぁ
勧酒歌　勧酒歌を　うたいながら
酒飲んで
ツツジのような幼い顔で
春窮期の丘　越えて行くように
古阜《コブ》*1 へ　三南《サムナム》*2 へ
心の竹槍　削って持って
ユクチャペギ*3　うたいながら
丘を越え越え　行こう
肩ゆらしながら　行こう
飢えて力尽きたら　勧酒歌で
マッコルリの杯分かち合えば
天下泰平　なにうらやましいことがある
落花流水　なに大したことがある
上澄みを汲み出した
残りの濁り酒ではあるが
なぁに　ただのマッコルリじゃぁない
杯になみなみあふれる　情ですよ
大つごもりの胸　ぱぁっと明るくする
愛の　妙薬中の妙薬ですよ

*1「古阜」全羅北道旧古阜郡は甲午農民戦争の発祥地。
*2「三南」慶尚道、 全羅道、 忠清道の三道をさす。
*3「ユクチャペギ」全羅道の代表的民謡。

キム・ワンノ　1957年、慶尚北道浦項生まれ。92年大邱の地方紙『毎日新聞』で登壇。
詩集に『슬픔도　진화한다(悲しみも進化する)』『말달리자 아버지(馬を走らせよう、父よ)』など。

チョンガッキムチ（小さな大根キムチ） | 총각김치

小さな大根のキムチ。
チョンガンム（チョンガクム）と呼ばれる10センチ程度の小さな大根を用いて作る。
チョンガクとは独身男性を意味し、
かつて朝鮮時代に成人前の男性がしていた髪型に由来する。ムは大根を表す。
小さな大根の形状がその髪型に似ている、
または半人前の大根であるとの意味から名づけられたとされる。
ガリガリとした食感が特徴的であり、丸ごとそのままかじってもよいが、
ハサミで食べやすい大きさに切ることもある。

材料

チョンガク大根	2kg
細ねぎ	1束
長ねぎ	1/2本
塩、砂糖	適量

- 野菜汁：水1カップ、干し椎茸1個、煮干し2匹、長ねぎ1/4本

〈本漬け用〉

粗塩	1カップ

- もち米糊：もち粉大さじ1、水1カップ
- ヤンニョム：粉唐辛子1/2カップ、イカナゴ塩辛大さじ2、エビ塩辛大さじ1、玉ねぎ汁大さじ4、梨汁大さじ4、ニンニク（みじん切り）大さじ2、生姜（みじん切り）大さじ1/2、梅エキス大さじ2、野菜汁1/2カップ、もち米粥1/2カップ

準備

野菜汁の材料を合わせて火にかけ、だしが出たら具は捨て、汁を濾しておく。

作り方

1) チョンガク大根はタワシで何回もこすって洗う。ほかの野菜も洗い、長ねぎは斜め切りする。
2) チョンガク大根の水気を切って粗塩をふりかけ、積み重ねて下漬けする。
3) 鍋に水ともち粉を入れよく混ぜ合わせ、しゃもじでかき混ぜながらもち米糊を作り冷ましておく。
4) 分量のヤンニョムを混ぜておく。
5) 2) のチョンガク大根を2、3回すすぎ洗いし、水気を切る。大きいものは半分に切っておく。
6) 広めのボウルに3) と4) のヤンニョムを入れて長ねぎを加え、5) のチョンガク大根と合わせて塩、砂糖で味つけし、細ねぎを巻く。
7) 密閉容器に入れて冷蔵庫で保存する。

총각김치

김종철

손가락 굵기만 한 어린 무에
무청 달린 채로 담근
상투 짤 총悤, 뿔 각角 총각김치
무청 우거지를 덮고 웃소금 뿌려 익힌
김칫독도 독이든가
작다고 얕보다 큰코다친다더라
손으로 집으면 별것 아니지만
입속 넣으면 금세 부풀어
아삭아삭 풀 먹인 홑청
설왕설래 군침 찰찰 고이는데
맛들인 여인네는 금세 알리라
낮이나 밤이나 김치세상
어디 처녀김치는 없소
저만치 돌아앉은 홀아비김치만
식은 밥에 얹혀 있구나

チョンガッキムチ

キム・ジョンチョル

指の太さほどの小さな大根を
葉と茎をつけたまま漬けた
恩と角でチョンガッキムチ。
大根の葉と茎をかぶせ　粗塩まいてしなしなさせた
キムチ壺も　甕だったのか
小さいと見くびったら　ひどい目にあったなぁ
手で掴んでもべつにそれほどじゃないのに
口の中へ入れるやたちまち膨らんで
ざくざくほどけて
舌往来　生唾じわじわたまってくるので
味をしめた女性にはすぐ分かるでしょう
昼も夜もキムチの世間で
どこにも独身女のキムチなんかないのに
あちこちに背を向けた独身男《チョンガ》のキムチだけが
冷や飯にのせられているなぁ

金鐘鐵　1947年、釜山生まれ。70年『ソウル新聞』で登壇。
詩集に『못의 사회학(釘の社会学)』『못에 관한 명상(釘に関する瞑想)』などが収録された『못(釘)』シリーズ(全4冊)ほか。2014年没。

ポッサムキムチ（海鮮包みキムチ） 보쌈김치

包みキムチ。
ポッサムとは大きな風呂敷状のもので包むという意味。
たくさんの具を白菜の外葉で大きく包み込むように作ることから名づけられた。
ポキムチとも呼ぶ。
具にはアワビ、テナガダコ、牡蠣といった魚介類をふんだんに用い、
栗や松の実、なつめなども加える。
その豪華さからキムチの王様と称されることもあり、
宮中料理のレストランでも提供する。
もともとは白菜の栽培が盛んだった北部の開城地域で作られた郷土料理である。

材料

白菜	2kg（塩200g）
大根	300g（塩200g）
栗	4個
梨	1/2個
細ねぎ	2束
ニンニク	4片
生姜	20g
セリ（茎）	2束
なつめ	2個
岩茸	2個
松の実	5個
牡蠣	60g
タコ	100g
アワビ	100g

• ヤンニョム：粉唐辛子、アミの塩辛、もち米のお粥1/2カップ、すりおろし玉ねぎ1/2カップ

作り方

1）白菜は塩を振り6時間ほど漬け込み、水で洗う。葉と軸を切り分け、軸は3cm四方に切る（葉は仕上げで巻くために使う）。
2）ニンニクと生姜は千切りにしておく。
3）梨と大根は長さ3cm、厚さ3mmほどの短冊切りにする。切った大根は塩に30分ほどつけておく。
4）セリと細ねぎは3cmほどの長さに揃える。
5）牡蠣とタコ、アワビは塩水で洗い、タコ、アワビは3cm角に切る。
6）栗は薄く切り、岩茸となつめは千切り。
7）粉唐辛子、アミの塩辛、もち米のお粥、ニンニク、すりおろし玉ねぎ、塩でヤンニョムをつくり、そのヤンニョムに1）～5）をいれて混ぜ合わせる。
8）器に白菜の葉を広げて残りの7）を詰め、その上から残りの白菜の葉をかぶせ、全体を包む。
9）密閉容器に入れて冷蔵庫に保存する。

보쌈김치 | 서안나

푸들거리는 허리 긴 개성배추
굵은 소금으로 간하면
색을 빼고 힘을 빼
겨울 풍경 받아들이네
고기 삶는 냄새
따스한 흉터처럼 흘러다니는 밤
매운 고춧가루 양념에
굴이며 대추와 잣 호두
뜨거운 삶은 고기 썰어 얹으면
보쌈김치 맵게 먹어
입술 붉은 아이들 살 오르는 소리
창밖은 흰 눈 펑펑 내리고
보쌈김치 씹으면
한겨울 어둠에 이빨자국이 나네
세상 끝 양귀비 꽃밭 무너지는 소리 나네
보쌈김치 먹는 밤엔
애벌레처럼 순해지고 싶었네
자다가도 푸릇푸릇
혀끝에 피가 도네

ポッサムキムチ｜ ソ・アンナ

丈の長い開城《ケソン》の白菜を
粗塩でいさめれば
色を落とし　力を落として
冬の風景を受け入れる
肉蒸すにおいが
あたたかい傷跡のように漂う夜
辛い粉唐辛子のヤンニョムに
牡蠣と　なつめと　松の実　クルミ
蒸した熱い肉切って乗せれば
ポッサムキムチ　ひりひり辛いの食べて
くちびる赤くした子どもたちが　これ食べて大きくなっていく
窓の外は雪しんしん降っていて
ポッサムキムチ噛めば
真冬の闇に歯の跡がつく
世界の果てで芥子畑がくずれる音がする
ポッサムキムチを食べる夜には
幼い虫のように　すなおになりたかったな
寝床に行っても　てんてんと
舌の先に　血が巡っていたよ

ソ・アンナ　1965年、済州生まれ。90年『(文学と批評)』で登壇。
詩集に『푸른 수첩을 찢다(青い手帳を引き裂く)』『플롯 속의 그녀들(プロットの中の彼女たち)』など。

キムチ（キムチ）　김치

韓国式の野菜漬け。
白菜、大根、きゅうり、葉ネギ、カラシナなど、多数の野菜がキムチとして作られる。
長期保存をするものから、コッチョリと呼ばれる浅漬けまで漬け方も多様である。
もともとは沈菜《シムチェ》が語源とされ、
これが変化してキムチと呼ばれるようになったとされる。
韓国家庭では常備菜のひとつであり、食卓に欠かせない存在として愛されている。
そのまま食べるだけでなく、炒め物や鍋物にも入れるなど活躍の場は幅広い。

材料

白菜	1株
塩	2カップ（白菜の重さの15%）
大根	1/3個
万能ねぎ	1/2束
ニラ	1束

〈ヤンニョム〉

玉ねぎ	1/4個
梨	1/4個
もち米のお粥	1/2カップ
だし汁	1/4カップ
カナリ（魚のエキス）	1/2カップ
粉唐辛子	150g
ニンニク（みじん切り）	大さじ1 1/2
生姜（みじん切り）	大さじ1
塩	小さじ1/2
砂糖	大さじ3
ゴマ	少々
アミの塩辛	1/4カップ

作り方

1）白菜は根元に包丁で十字に切り込みを入れ、そこから手で割き、1/4にする。葉の間に塩を振り6時間漬けておく。
2）水2リットルに塩1/2カップを溶かした塩水をボウルに作り、残りの塩を白菜へふっておく。1）の白菜を漬ける。3時間～6時間経ち全体がしんなりしたら水で3～4回きれいに洗ってザルに上げる。白菜を絞って水気をしっかり取る。
3）大根は皮を剥いて千切りにする。
4）万能ねぎ、ニラは5cmほどの長さに切る。
5）玉ねぎ、ニンニク、梨を全てミキサーですりおろす。
6）もち米のお粥は、米の粒が液状になるまで水から煮て冷ましておく。
7）5）と6）、その他のヤンニョムの材料を全て混ぜ合わせる。
8）2）の白菜全体に7）のヤンニョムを満遍なく塗る。一番外側の葉で全体を包み込むように巻き、容器に入れる。
9）一日常温に置いてから冷蔵庫で保存する。

김치 | 문정희

미안해요, 어머니
나는 김치가 그립지 않아요
그 아리고 매운맛을 벌써 잊어버렸나 봐요
나의 혀는 이미 창녀가 되어
아무거나 입으로 들어오는 대로 받아들이네요.

진종일 한마디도 써본 적이 없는 모국어와
외로움에 굶주린 창자는
결국 홀로 꿈틀거리던 혀를 마비시켰나 봐요
무엇이건 들어오는 대로 씹고 삼키려 하네요

당신을 떠나온 지 얼마나 되었다고
낯설고 알 수 없는 햇살에 길이 들어가네요.
바람 든 무처럼 윙윙거리네요

キムチ ｜ ムン・ジョンヒ

ごめん、　母さん
私キムチが恋しくないの
あのひりひりする辛さを　もう忘れてしまったみたい
私の舌　いまではあばずれになっちゃって
口に入ってくるものなんでも　そのまま受け入れてしまうんです

一日中　ひとことも話すことのない母国語と
さびしさに飢えたはらわたは
孤独にうごめいていた舌を　ついに麻痺させちゃったみたい
なんでも入ってくるもの噛んで　飲み込もうとするんです

母さん　あなたのもとを離れてそれほど経っていないのに
見知らぬ陽射しにも　慣れてしまうものですね
すが入った大根みたいに　私の心　風が吹きぬけていくんです

文貞姫　1947年全羅南道宝城生まれ。69年『月刊文学』で登壇。詩集に『새떼(鳥の群れ)』『찔레(ノイバラ)』など。

シレギ（干し野菜の葉）　시래기

白菜の外葉や大根の葉を干したもの。
干していないものはウゴジと呼ぶ。シレギ作りは保存性を高めるとともに、
野菜の不足しがちな冬場に備える生活の知恵でもあった。
テンジャンクㇰ（味噌汁）やチュオタン（ドジョウ汁）といった
スープ料理の具として利用することが多く、
炒めたり和えたものを副菜としても味わう。
ご飯と一緒に炊き込んだり、粥に入れることもあるなど
用途はかなり幅広い。素朴ではあるが味わい深い素材である。

シレギナムㇽ

材料

乾燥させた大根の葉	200g
米のとぎ汁	600g

- 調味料：味噌大さじ1、ごま油大さじ1、すりゴマ大さじ1、塩少々

準備

大根の葉は水に浸して戻しておく。

作り方

1) 戻した葉を米のとぎ汁で芯が柔らかくなるまで（約30分）煮込む。
2) 葉を食べやすい大きさに切り味噌を加えて炒める。
3) 2) にごま油と塩、すりゴマを加えて和える。

시래기 　 도종환

저것은 맨 처음 어둔 땅을 뚫고 나온 잎들이다
아직 씨앗인 몸을 푸른 싹으로 바꾼 것도 저들이고
가장 바깥에 서서 흙먼지 폭우를 견디며
몸을 열 배 스무 배로 키운 것도 저들이다
더 깨끗하고 고운 잎을 만들고 지키기 위해
가장 오래 세찬 바람 맞으며 하루하루 낡아간 것도
저들이고 마침내 사람들이 고갱이만을 택하고 난 뒤
제일 먼저 버림받은 것도 저들이다
그나마 오래오래 푸르른 날들을 지켜온 저들을
기억하는 손에 의해 거두어져 겨울을 나다가
사람들의 까다로운 입맛도 바닥나고 취향도 곤궁해졌을 때
잠시 옛날을 기억하게 할 짧은 허기를 메꾸기 위해
서리에 젖고 눈 맞아가며 견디고 있는 마지막 저 헌신

シレギ｜　ド・ジョンファン

あれは　いちばんはじめに暗い土をくぐり抜けて出てきた葉だ
まだ種だった身を緑の芽に変えたのも
いちばん外側で　土ぼこりの豪雨に耐えながら
身を十倍二十倍に大きく育てたのも　あれらだ
もっと清らかで美しい葉を作るようにと　守るため
ながいこと　激しい風にあたりながら　日に日に老いていったのも
さいごに人びとがやわらかい芯だけを選んでいったあと
捨てられたのも　あれら
ながいながいあいだ緑の日々を守ってきたあれらを
覚えている手に引き取られて冬を越し
人びとの気難しい味への興味も底をついて　趣向に困ったとき
昔を思い出させる　一瞬の満足のために
霜に濡れ　雪に打たれながら耐えている　究極のあの献身

都鍾煥　1954年生まれ。
詩集に『고두미 마을에서（コドゥミ町で）』『접시꽃 당신（葵のあなた）』『당신은 누구십니까（あなたはどなたですか）』などがある。

コチュジャン（唐辛子味噌） | 고추장

唐辛子味噌。
主にもち米と、メジュと呼ばれる味噌玉麹を原料とし、
塩、麦芽粉、粉唐辛子などを加えて作る。
伝統的にはハンアリと呼ばれる甕《かめ》に入れて熟成させ、
また保存をしながら日々の調理に使用する。
韓国料理においては醤油、味噌と並んで調理に欠かせない調味料のひとつである。
かつては各家庭で作るものであったが、現在は市販品が広く流通している。
全羅北道淳昌郡《チョルラブクドスンチャン》にはコチュジャン村があり、名産地のひとつとして名高い。

材料

もち麦の粉	300g
メジュの粉	300g
粉唐辛子	500g
水飴	1kg
水	1.5ℓ
焼酎	200mℓ
塩	50g

作り方

1) もち麦の粉、メジュの粉を合わせておく。
2) 水飴と水を合わせて火にかけ、とろみが出るまで煮る。
3) とろみが出たら火を止め、完全に冷ます。
4) 1) と粉唐辛子を 2) に入れてよく混ぜ、塩を加える。
5) 4) に焼酎を入れながらよく混ぜ、とろみを調整する。
6) 1日常温に置き、翌日味を確認し、足りなければ塩を追加する。

＊ 作った直後に塩味を決めるより翌日に味をみて塩を追加した方がいい。
＊ 3日後にもう一度混ぜて、冷蔵庫に1カ月間保存してから食べ始める。

고추장 | 오정국

세상살이 떫고 쓴맛을 단번에 돌려 세운다
눈물이 핑 돌만큼 얼얼한 혓바닥이다

이토록 진땀나는
땡볕처럼 타오르는
붉은 맛이 또 어디 있으랴

잡티 한 점 섞이지 않은
태양빛 알갱이들, 저의 빛깔대로
우리네 혈관을 틔워서

한국인의 매운 맛을 단단히 보여준다

탐스러운 빛깔들이
가을볕 고랑을 수놓아도
아서라, 고추밭에서 함부로 손 내밀지 말아라

불끈 솟는 힘을 감당치 못하리니
아릿한 단맛을 잊지 못하리니

빻아지고 버무려지고 비벼지더니
온 식탁의 입맛을 후끈하게 달구는
찰고추장, 이보다
깊고 맵고 진득한 입맛이 또 어디 있으랴

コチュジャン｜　オ・ジョングク

この世に生きる渋さ苦さを一挙に鎮めようと
涙にじむほどに　じぃんとしびれた舌である

これほど冷や汗が出る
炎天下のように燃え上がる
真っ赤な味がほかのどこにある

まじりけのない
太陽の光の粒子、あの色彩どおりに
われらの血管を目覚めさせ

韓国人の辛味をしっかり見せてくれる

魅惑の色彩が
秋の陽が輝く畝間をぬっても
やめておけ、唐辛子畑で　やたら手を出すなよ

かっとわきあがる力　我慢できないだろうから
ひりっとした甘さ　忘れられないだろうから

砕かれ　混ぜ合わされ　もまれるから
食卓のすべての味をかっかと熱くする
もち米コチュジャン　これほど
深く　辛く　粘り気ある味が　ほかのどこにあるだろう

オ・ジョングク　1956年、慶尚北道英陽生まれ。88年『現代文学』で登壇。
詩集に『저녁이면 블랙홀 속으로(夜はブラックホールの中に)』『파묻힌 얼굴(埋もれた顔)』など。

ハングァ（韓国菓子） | 한과

韓国の伝統菓子。漢字で「韓菓」と書いてハングァと読む。
うるち米、もち米、小麦粉などを主原料とし、
蜂蜜や水飴などを加えて練った生地を油で揚げて作るものが多い。
小麦粉の生地にゴマ油、蜂蜜を加えて揚げたヤックァ、
果実などを甘く漬け込んだチョングァ、
揚げ菓子のユグァやカンジョン、らくがんのようなタシクなど、
その種類はたいへんに豊富である。
日常の間食、茶菓子としても人気が高く、また贈答品、手土産としても好まれる。

材料（2人分）

黒ゴマ	2カップ
白ゴマ	1カップ
松の実	大さじ3
かぼちゃの種	大さじ1
水飴	大さじ3
砂糖	大さじ1
水	大さじ1
塩	少々

作り方

1）黒ゴマと白ゴマはフライパンで軽く炒る。
2）炒ったゴマに松の実、かぼちゃの種を加えてよく混ぜる。
3）水飴、砂糖、水、塩を混ぜ合わせてシロップを作っておく。
4）フライパンに3）のソースを入れ、2）を1カップ加えてよく混ぜ合わせ、四角い型に詰める。 0.5～1cm程度の厚さになるよう麺棒で伸ばして形を整える。
5）食べやすい大きさに切る

한과 | 윤성택

추억 길섶에 스르르 별처럼 묻어온다

희미하게 속으로 당겨지는 형태가

와삭, 껴올 때에는 누구도 말을 잇지 않는다

모든 잔치가 그러하듯 마음이 고여

달게 멈춘다, 그리운 사람은 과일처럼 풀처럼

과(菓)로 겹쳐져 맛으로 기억되는 법

웃음이 제 소리를 품고 여기에 뭉쳐 있다

천천히 아주 오랫동안 생활이 여기를

다녀간 뒤, 행복이 하얗게 달라붙는다

ハングァ｜ ユン・ソンテク

追憶の路辺に　そっと　星のようについてくる

ぼんやり心の中にともっているその何かが

いきなり形をもって寄り添ってくれば　だれも言葉をなくすもの

すべて宴がそうであるように　心が煮つまって

甘さに立ち止まる、 なつかしい人は　果物のように　草のように

菓として重ねられ　味として記憶される

笑いが　笑いの声を包みこみ　ここで　ひとつのかたまりになっている

ゆっくり　とても長いあいだ　暮らしが　ここに

立ち寄ったあと、 しあわせが　白く　くっついている

ユン・ソンテク　1972年、忠清南道保寧生まれ。2001年『文学思想』で登壇。
詩集に『리트머스(リトマス)』『감(感)에 관한 사담들(感をめぐる私的な話)』など。

キムチャバン（海苔のつくだ煮） | 김자반

海苔に醤油、すりごま、水飴、粉唐辛子などをまぶして焼いたり、炒めたりしたもの。
キムが海苔、チャバンは塩気のあるおかずを総称する。
副菜として食卓に並べられる常備菜のひとつで、ご飯との相性がよい。
板海苔状のまま重ねて作る場合もあれば、細かくちぎって作る場合もある。
後者の場合はふりかけ状になったものが市販品としても多く販売されている。
近年はナッツや、ちりめんじゃこなどを加えたものも市販されている。

材料（2人分）

海苔	10枚
白ゴマ	適量

- ヤンニョムジャン：水3カップ、煮干し2匹、醤油小さじ2、水飴小さじ2、酒小さじ1、玉ねぎ（みじん切り）大さじ2、長ねぎ1/4本、ゴマ油少々

作り方

1）海苔は軽く火であぶって細かく砕く。
2）ヤンニョムジャンの材料を煮立て、濾してから冷ましておく。
3）2）のヤンニョムジャンに1）の海苔を加えてよく混ぜる。最後に白ゴマで飾りをつける。

김자반 | 이어령

김을 모르고 서양 사람들은
카본 페이퍼라 한다.
모르시는 말씀. 그건 초록색 바다 밑
몰래 흑진주를 키운 어둠이라네

파도가 가라앉아 한 켜 한 켜 쌓여서
만들어낸 바다의 나이테를 아는가

어느 날 어머니가 김 한장 한장
양념간장을 발라 미각의 켜를 만들 때
하얀 손길을 따라 빛과 바람이 칠해진다네.

내 잠자리의 이불을 개키시듯
내 헌 옷을 빨아 너시듯
장독대의 햇빛에 한 열흘 말리면
김 속으로 태양과 바닷물이 들어와 간을 맞춘다.
김 자반을 씹으면 내 이빨 사이로
여러 켜의 김들이 반응하는 맛의 지층
네모난 하늘과 바다가 찢기는 맛의 평면

이제는 손이 많이 간다고 누구도 만들지 않는
어머니 음식이라네

빈 장독대 앞에서 눈을 감으면
산간 뜰인데도 파도소리가 나고
채반만큼 둥근 태양의 네모난 광채
고향 들판이 덩달아 익어간다네

キムチャバン｜イ・オリョン

海苔を知らない西洋の人たちは
カーボンペーパーと呼ぶ。
ご存じない人の言葉だ。 それは緑色の海の下
ひと知れず黒真珠を育てた闇だ　ということを

波が静まり　そしてまた一層一層　積もって
作りだされた海の年輪を知っていますか

ある日　母が海苔一枚一枚
ヤンニョムジャンを塗って　味覚の層を作るとき
白い手にさそわれた光と風が　塗られるのです

私の寝床をたたんでくださるように
私の古い服を洗ってくださるように
甕置き台の陽光に 10 日ほどさらせば
海苔の中に太陽と海水がほどよく入って塩梅する。
キムチャバンを噛めば　私の歯のあいだで
いろいろな層の海苔が反応しあう　味の地層
四角い空と海が引き合う　味の平面

いまでは手がかかるからと誰も作らない
母の料理だと

空っぽの甕置き台の前で目をつむると
山あいの庭にあっても　波の音がよみがえり
盆ほどの　まるい太陽の四角い光彩
ふるさとの野原が　つられて　色づいてゆく

李御寧　1934年、忠清南道牙山生まれ。教育者・作家・政治家・文芸評論家。
「縮み」志向の日本人』（2007年　講談社学術文庫）が日本でベストセラー。ほかに『ジャンケン文明論』（05年 新潮社）など。

サンナムル（山菜の和えもの）｜산나물

山菜のナムル。
サンナムルは山菜、または植物の若芽などを意味し、
それらをゆがいて調理したものもサンナムルと称される。
種類は多岐に渡るが、代表的なものにはワラビ、ミツバ、タラの芽、
ウド、フキ、シラヤマギク、オタカラコウ、ワスレナグサ、コウライアザミなどがある。
これらはさっとゆがいてナムルにするほか、
チョジャンと呼ばれる唐辛子酢味噌につけても味わう。
ナムルをご飯に盛ればサンナムルピビムパプ（山菜ビビンバ）になる。

チィ(シラヤマギク)ナムル

材料

干したチィ	50g
塩	少々

〈ヤンニョムジャン〉

ニンニクのみじん切り	小さじ1
えごまの油	大さじ2
梅エキス	大さじ1
玉ねぎエキス	大さじ1
醤油	大さじ1
えごまの粉	大さじ2
塩	少々

作り方

1）チィは水で戻し、塩を入れた湯でゆでる。水で洗って水気を取る。
2）フライパンにえごまの油を熱し、ニンニクのみじん切りを入れて香りが出たらチィを入れる。
3）残りのヤンニョムジャンの材料を加え、塩で味を調える。

산나물 | 이화은

시집 온 새댁이 산나물 이름 서른 가지 모르면 그 집 식구들 굶어 죽는다는데

—가죽나무 엄나무 두릅나무 오가피 참나물 참취 곰취 미역취 개미취 머위 고사리 고비 돌나물 우산나물 쇠뜨기 쇠무릎 원추리 방아풀 메꽃 모싯대 비비추 얼레지 홀아비꽃대 노루오줌 환삼덩굴 마타리 상사화 꿩의다리 윤판나물 자리공

촌수 먼 친척 같기도 하고 한 동네 동무 같기도 한 귀에 익은 듯 낯선 이름들
가난한 가장의 착한 반려자처럼 덩그러니 밥 한 그릇
고기반찬 없는 적막한 밥상을 사철 지켜 주던,

생으로 쌈 싸먹고 무쳐 먹고 국 끓여 먹고
말렸다가 나물 귀한 겨울철 묵나물로 먹기도 하지만
그 성질 마냥 착하고 순하기만 한 것은 아니어서
홀로 견뎌낸 산 속 소태 같은 세월
어르고 달래어 그 외로움의 어혈을 풀어 주어야 한다
독을 다스려 약으로 만드는 법을 이 땅의 아낙들은 모두 알고 있으니
간나물 한 접시보다 산나물 한 젓가락이 보약이다
조선간장 파 마늘 다져 넣고 들기름 몇 방울 치면 그만이다
먹고 사는 모든 일에 음양의 조화가 있듯
음지에서 자란 나물과 양지 나물을 함께 섞어 먹는 일
남과 여가 한 이불 덮고 자는 일과 다르지 않으니
이 모든 이치가 또한 손 안에 있다
손맛이다
여자의 맛이며 아내의 맛이며 어머니의 맛이다
삼라만상의 쌉싸름 깊은 맛이 모두 여기에 있다

サンナムル｜　イ・ファウン

嫁いできた新妻が山菜の名前を30種類知らないと家族を飢え死にさせるといわれているので、

庭漆《ニワウルシ》、 針桐《ハリギリ》、 たらの木、 五加皮《ゴカヒ》、 三つ葉、 白山菊、 雄宝香《オタカラコウ》、 アキノキリンソウ、 ウラギク、 ふき、 ワラビ、 ぜんまい、 ツルマンネングサ、 破れ傘、 スギナ、 イノコズチ、 ワスレナグサ、 引起《ヒキオコシ》、 小昼顔《コヒルガオ》、 蕎麦菜《ソバナ》、 イワギボウシ、 かたくり、 一人静《ヒトリシズカ》、 泡盛草《アワモリソウ》、 葎草《カナムグラ》、 女郎花《オミナエシ》、 夏水仙《ナツズイセン》、 唐松草《カラマツソウ》、 キバナホウチャクソウ、 牛蒡《ヤマゴボウ》

遠い親戚のようであり　村の友だちのようでもある　耳に慣れ親しんだ名前たち
貧しい家長の善良な伴侶のように　飯茶碗ひとつぽつんと
肉のおかずのないさびしい食卓を四季折々守ってくれた、

そのまま包んで食べ　和えて食べ　スープにして食べ
乾燥させたナムル　大事な冬の季節の古漬けナムルとして食べもするが
その性質　善良ですなおなばかりではなく
孤独に耐え抜いた　山の中の苦木のような歳月
あやして　なぐさめ　その寂しさの瘀血を　ほぐしてあげなければいけない
毒を薬に作りかえる方法を　この土地の女たちはみな知っているから
カンナムルひと皿よりサンナムルひと匙が　滋養強壮薬
朝鮮醤油に　みじん切りのねぎ　にんにく　エゴマ油数滴振りかければできあがり
生きていくことすべてに陰陽の調和があるように、
日陰で育ったナムルと日なたのナムルを混ぜていっしょに食べることは、
男と女がひとつ布団にくるまって眠るのと同じことだから
すべての道理がまた　おなじように手の内にある
それが手の味というもの
女の味であり妻の味であり母の味
森羅万象のほろ苦さ　深い味が　すべてここにある

イ・ファウン　慶尚北道慶山生まれ。1991年『月刊文学』で登壇。
詩集に『나 없는 내 방에 전화를 건다(私がいない私の部屋に電話を掛ける)』『미간(眉間)』など。

サマプ（エイのサンチュづつみ）　삼합

ガンギエイの刺身と茹で豚、熟成した白菜キムチの盛り合わせ。
漢字では「三合」と書き、この3種はたいへん相性がよいとの意味がある。
ホンオフェと呼ばれるガンギエイの刺身は発酵させてから食べるのが普通で、
刺激的なアンモニア臭を発するのが特徴である。
豚肉と白菜キムチはこの香りを和らげるとともに、
味わいに奥行きをもたらす効果がある。
全羅道の郷土料理であり、結婚式などの祝い事には欠かせない料理とされる。

材料（2人分）

ガンギエイ	1/4匹
豚バラ肉	200g
古漬けキムチ	1/6株

- 豚肉の臭み消し：長ねぎ1/2本、ニンニク3片、生姜 2片、胡椒適量
- ヤンニョムジャン：アミの塩辛大さじ1、ゴマ油小さじ1/2、粉唐辛子小さじ1/5、ゴマ小さじ1/5、砂糖小さじ1/5

作り方

1) ガンギエイはきれいに洗い、ヨコ5cmタテ3cmほどの大きさに切る。甕にガンギエイの切り身を重ね入れ、粘り気とツンと鼻を刺すような刺激臭が出るまで発酵させる。
2) 豚バラ肉は臭み消しを入れた熱湯でゆでる。ゆでながらアクを取り除き、箸で刺しても赤い肉汁が出なくなるまでゆでる。
3) ゆで上がった豚バラ肉を濡れ布巾で包み、形を整えてから厚めに切る。
4) 古漬けキムチは食べやすい大きさに切る。ヤンニョムジャンの材料を混ぜておく。
5) 皿に熟成したガンギエイ、豚のバラ肉、古漬けキムチを盛り付け、ヤンニョムジャンを添える。

삼합 | 곽효환

휴일 오후, 초등학생 아들 녀석이 뜬금없이 삼합이 먹고 싶단다
몇 해 전 진외갓집 할머니 팔순 상에서 처음 봤을 삼합을
아무렇지도 않게 입안 가득 넣고 우걱이던 낯익은 식욕

유년 시절 아버지를 따라나서면
으레 들르던 지방도시 변두리 허름한 대폿집
낡은 탁자 위에 놓은 삼합과 찌그러진 탁배기 주전자
  요걸 먹을 줄 알아야 여그 사람인 것이여
  잔치에 이것이 없음 잔치가 아니제
삭은 홍어의 톡 쏘는 암모니아향 입안에 가득 차
얼굴이 빨갛게 달아오르고 눈가에 그렁그렁 눈물 고이면
아야, 매운 기운을 코로 뿜어내야제
눈가를 쓸어주던 굵은 손마디
그립지만 아득하기만 한 탁주에 젖은 낮고 탁한 목소리

조금 이른 저녁시간
술손의 발길은 아직 이른 시장골목 남도식당
군내 도는 묵은 김치 잎사귀를 펴고
기름과 살이 섞인 삶은 돼지고기에 새우젓을 얹고
알싸하니 삭은 홍어를 올려놓고
예전에 아버지가 그랬듯이
막걸리 잔을 약지손가락으로 휘휘 저으며
아이와 나와 아이는 한 번도 본 적 없는 아버지가
둘러앉은 삼자의 합을 곰곰이 생각한다
혀에서 혀로 전해진 보이지 않는 유전자를 물끄러미 쳐다본다

サマプ｜　クァク・ヒョファン

休日の午後　小学生の息子が　サマプ食べたい食べたいとひっきりなしに言う
何年か前　父方の祖母の八十歳の誕生日にはじめて食べたサマプ
なにげなく口の中に頬張ったときの食感を　思いだしたのか

幼いころ　親父についていくと
きまって立ち寄った　地方の安酒場
ふるびた卓の上に置かれたサマプと　あちこちへこんだマッコルリのやかん
　この味が分からなきゃぁここの人間じゃないぞ
　宴会にこれがなきゃぁ宴会じゃぁないんだ
発酵したガンギエイの　ぷうぅんと鼻を刺すアンモニア臭　口いっぱいに満ちて
顔が赤くほてり　目のふちに涙がこぼれそうににじむと
ありゃぁ　辛い息を鼻からふきださなきゃ
目のふちを拭ってくれた太い指の節
なつかしくも遥かに遠い　濁り酒にぬれた低い　あのだみ声

少し早い夕ぐれ
飲んべえたちが来るにはまだ早い　市場の路地の南道食堂
臭いふりまく古漬けキムチの葉を広げ
脂の入ったゆで豚にアミの塩辛のせて
ぴりぴり腐らせたガンギエイのせて
むかし親父がそうしたように
マッコルリを薬指でかき混ぜながら
子どもとぼくと　孫には一度も会ったことがなかった親父
車座になった三者を　しみじみ思う
舌から舌へ伝わっていく見えない遺伝子を　つくづくと　眺めている

郭孝桓　1967年、全羅北道全州生まれ。96年『世界日報』で登壇。詩集に『인디오 여인（インディオの女性）』『지도에 없는 집（地図にない家）』など。

テジカルビ

（豚カルビ）　돼지갈비

豚カルビ焼き。
テジは豚、カルビはもともと肋骨を意味し、その周辺の肉を含んで焼肉、煮物用の部位を表す。
醤油、酒、果物の汁などを混ぜ合わせたタレに豚カルビを漬け込み、味を染み込ませたものを鉄板、網などで焼く。
焼けた肉はサンチュ、エゴマの葉といった葉野菜に包み、ニンニク、青唐辛子、ネギの和え物、サムジャンと呼ばれる包み味噌などと一緒に味わう。
骨まわりの肉も美味しく、手に持ってかぶりつくように食べるのが醍醐味である。

材料（2人分）

豚骨つきカルビ	500g
サラダ油	適量

- ヤンニョムジャン：おろしニンニク、おろし生姜各小さじ1、酒、はちみつ、醤油、サラダ油、各大さじ1、塩、胡椒、各少々

作り方

1）豚骨付きカルビを開き、味がなじみやすいように包丁の背で軽く叩く。
2）ヤンニョムジャンの材料を混ぜ合わせ、1）の豚骨付きカルビをもみ込む。
3）フライパンにサラダ油小さじ１を熱して２）の豚骨付きカルビを入れる。ふたをして弱めの中火で約３～５分焼き、焼き色がついたら裏返して約２分焼く。

돼지갈비 | 김병호

해저물녘 버스 정류장
예닐곱 발짝쯤에서 멈춘 구두 앞에서
느닷없이 터져버린 울음이 멈추지 않았다

아버지는 차가운 손목을 잡고서
연탄 화덕의 돼지갈비집으로 들어가셨다
간유리 너머로 희끗희끗 내리기 시작한 눈

간신히 버틴 허기처럼 지글지글 타들어가는 저녁
어금니로 씹어 혀끝으로 녹여먹는 갈비살처럼
불화 (不和) 는 금세 달짝지근해졌다

좀처럼 메워지지 않는 눈발과 발자국의 틈새
아버지의 옆구리에 매달려 단둘이 누운 길가방
애돼지처럼 베갯머리까지 좇아온 다디단 허기

어머니는 사흘이 지나서야 돌아오셨다

テジカルビ｜　キム・ビョンホ

日暮れのバス停
6、7歩行くと足は止まり
ふいにこみあげてきた涙を　止めようがない

父は　冷えた私の手をとって
テジカルビ屋へ　入っていった
曇りガラスのむこうには　降りはじめた雪

こらえていたひもじさが　じりじり焼ける
奥歯で噛んで　舌先にとかして食べるカルビのように
不和は　たちまち甘くなった

なかなか埋まらない　雪と足跡のあいだ
父のわき腹にぶらさがって寝た　道端の部屋
豚の子みたいに　枕元まで　甘い飢えに追われて

三日経ち　ようやく　母が戻ってきた

キム・ビョンホ　1967年、ソウル生まれ。
98年『作家世界』で登壇。詩集に『과속방지턱을 베고 눕다(バンプを枕にして)』『포이톨로기(*Poetologie*))など。

コマㇰチョゲ（シジミのスープ） | 꼬막조개

シジミ。標準語ではチェチョプと呼ばれるが、詩人の故郷ではコマㇰチョゲと呼んだ。
一方で一般的にコマㇰチョゲといえばハイガイのことを表す。
詩に登場する慶尚北道河東郡《チョンサンブクドハドン》はシジミの名産地であり、
チェチョプクㇰ（シジミのスープ）、チェチョプフェ（茹でたシジミの和え物）、
チェチョプチョン（シジミのチヂミ）といった郷土料理がある。
チェチョプクㇰは朝食として人気があり、
ヘジャンクㇰ（酔い覚ましのスープ）としても食べられる。

材料（2人分）

シジミ	1カップ
ニラ	1/3束
水	4カップ
酒	大さじ1
塩	小さじ1/2
胡椒	少々

作り方

1) シジミを冷たい水に1時間ほどつけて砂をはかせる。
2) 鍋に水を入れ沸いたらシジミを入れ殻が開いたらザルにあげ、ゆで汁は布巾などでこしておく。
3) 2) のこした茹で汁に2) のシジミと酒を入れ煮立たせる。
4) 煮立ったら小口切りにしたニラを入れてから塩と胡椒を加えて火を止めて出来上がり。

꼬막조개

김용택

동네 사람들은
재첩을 꼬막조개라고 불렀다.
커다란 바위 뒤 물속
잔 자갈들 속에서 살았다.
아이들 엄지손톱만 한 것부터
아버지 엄지손톱만 한 것까지 있었다.

어쩌다가 다슬기 속에 꼬막조개가 있으면
건져 마당에다가 던져 버렸다.
꼬막조개가 있으면 다슬기 국물이 파랗지 않고
뽀얀했다.

강에 큰물이 불면
꼬막조개 껍질이
둥둥 떠내려갔다.

어느 해부턴가
꼬막조개가 앞강에서 사라졌다.
어른이 되어 하동에 갔더니
온통 재첩국 집이었다.
나는 재첩이 무엇인지 그때 알았다.

우리 동네에서 사라진
꼬막조개가 하동에서
재첩이 되어 있었다.
시원하고 맛있었다.

コマクチョゲ｜　キム・ヨンテク

村の人々は
しじみをコマ貝と呼んだ。
巨きな岩陰の水の中
細かい砂利の合間に生息していた。
子どもの親指の爪くらいの大きさから
父親の親指の爪くらいのものまで。

どうにかして　カワニナの中にコマ貝が混じっていると
すくって庭に投げ捨てた。
コマ貝が混じると　カワニナ汁があおく澄まずに
白く濁ったから。

洪水になると
コマ貝の殻が
いっぱい浮いてきた。

いつの年からか
コマ貝が家の前の川から消えた。
大人になって河東《ハドン》に行ったら
どの店もみなしじみ汁屋だった。
ぼくは　しじみがどんなものなのかを　そのとき知った。

ぼくらの村から消え去った
コマ貝が　河東で
しじみになっていた。
さっぱりとして　うまかった。

金龍沢　1948年、全羅北道任実生まれ。『창작과 비평(創作と批評)』で登壇。
詩集に『섬진강《ソムジンガン》(蟾津江))』『키스를 원하지 않는 입술(キスを願わない唇)』など。

チャンジョリㇺ（牛肉のしぐれ煮）｜장조림

牛肉の醤油煮。
チャンは漢字で「醤」と書いて醤油のこと。ジョリㇺは煮物を表す。
牛の赤身肉を醤油ダレで煮込み、細く裂いて常備菜とする。副菜として活躍するほか、弁当のおかずとして利用されることも多い。
多く味付けが濃いめであるため、ご飯との相性がよいと人気が高い。
一緒にうずらの卵を煮込むこともあり、
また青唐辛子などの野菜を加えて彩りとしてもよい。
韓国ではチャンジョリㇺの缶詰も広く市販されている。

材料（2人分）

牛ヒレ肉（ブロック）	300g
うずら卵	6個

〈A〉

長ねぎ	1/3本
ニンニク	3片
生姜（5mm程度のスライス）	2枚
水	5カップ

〈ヤンニョㇺ〉

醤油	大さじ8
梅エキス	大さじ3
玉ねぎエキス	大さじ2

作り方

1）牛ヒレ肉は冷水に浸けて血をきれいに取り除いたあと、塩・胡椒（分量外）を入れた湯でさっとゆでて、冷水できれいに洗う。
2）うずら卵はゆでて殻をむいておく。
3）鍋に牛肉とAを入れ、40分～1時間程度煮て、牛肉を取り出す。
4）別の鍋にヤンニョㇺの材料をすべて入れ、3）の煮汁3カップと取り出しておいた牛肉を加えて強火で煮る。
5）煮立ち始めたら中火にして、ヤンニョㇺにとろみが出るまで30分程度煮る。
6）5）に2）のうずらの卵を入れ、さらにひと煮立ちさせて火を止める。
7）牛肉を食べやすい大きさに割いて器に盛り付ける。

장조림 | 나태주

언감생심 어린 시절엔
가까이할 수 없었다
아예 그런 음식이
있는 줄조차 알지 못했다

나이 들어 조금씩 가까워졌다
어쩌면 남의 집 밥상이나
한정식 식단머리에서
처음 만났을지도 모르는 일

도시락 반찬으로 제격이었다
밥맛이 없을 때
두어 덩이만 가져도
밥사발 한 그릇이 뚝딱 가벼웠다

입안에 넣고 씹으면
남의 살이지만 오돌오돌 고소한 맛
돼지에게 소에게 미안한 일이다만
쫄깃쫄깃한 육질의 감촉

어차피 우리네 목숨은
다른 생명의 희생 위에 서는
허무한 사탑이 아니던가!
힘내어 좋은 일 하며 살아야겠다.

チャンジョリム｜　ナ・テジュ

いまでは考えられないけれど
子どものころは　めったに食べられなかった
こんな料理が
あることさえ　知らなかった

歳をとるにつれ　少しずつ親しむようになった
ひょっとしたら　よその家の食卓や
ずらりならんだ韓定食で
出会っていたかもしれないのに

弁当のおかずにもってこいだった
食欲がないとき
チャンジョリム二切れもあれば
一杯のご飯がぺろっと食べられた

口に入れて噛めば
生きもののいのちの肉ながら　こりこり香ばしい味
豚にも　牛にも　すまないことながら
しこしこした肉の感触

どのみち　我らのいのちは
ほかの生きものの犠牲の上にたっている
はかない斜塔ではないか！
一生懸命　良き行いをして生きなければ。

羅泰柱　1945年、忠清南道舒川生まれ。1971年『ソウル新聞』で登壇。詩集に『대숲 아래서（竹やぶの下で）』『세상을 껴안다（世を抱きしめる）』など。

クァメギ（生干しサンマ）｜과메기

サンマの生干し。
秋にとれたサンマを生干しにし、葉ネギやニンニク、青唐辛子とともに昆布やワカメで包み、チョコチュジャン（唐辛子酢味噌）につけて味わう。
かつてはニシンで作ったが漁獲量の減少により、現在はほぼサンマで作られている。
もともとの語源は貫目魚《クァンモゴ》であり、
魚を干す際、目にひもを通したことから名づけられた。
慶尚北道浦項市《キョンサンブクドポハン》の郷土料理として知られ、
シーズンの冬になると全国へと出荷される。

材料（2人分）

干しさんま	300g
昆布	60g
細ねぎ	30g
ニンニク	5片
赤、青唐辛子	1本ずつ

- チョコチュジャン：コチュジャン大さじ2、粉唐辛子小さじ1、砂糖大さじ1、酢大さじ2

作り方

1) 干しさんまは尾とヒレを切って皮をはぎ、5cmほどの長さに切る。
2) 昆布は流水で塩分を綺麗に洗い流し、5cm四方に切る。
3) 細ねぎは洗って4cmほどの長さに切り、ニンニクは皮をむいて形を活かしながら薄切りする。
4) 赤、青唐辛子は斜め切りにして種を取り除く。
5) チョコチュジャンの材料を混ぜ合わせる。
6) 大皿に干しさんまと野菜を丸く盛り付け、チョコチュジャンを添える。

과메기 | 문인수

겨울 한철 반쯤 말린 꽁치를 아시는지.
덕장 해풍 아래, 그 등 푸른 파도소리 위에
밤/낮 없이 빽빽하게 널어놓고
얼렸다 풀렸다 얼렸다 풀렸다 한 것이니 그래,
익힌 것도 날것도 아니지. 다만
고단백의 참 찰진 맛에
아무래도 먼 봄 비린내가 살짝 비치나니.
저 해와 달의 요리, 이것이 과메기다. 친구여,
또 한 잔!
이 우정 또한 천혜의 사철 술안주라지.

クァメギ｜ムン・インス

冬の盛りの半分は干されているサンマをご存知でしょ。
干し竿は潮風の下に、 サンマの背は青い波音の上に
昼夜なくぎっしりならべられ　干される
凍らせ　溶かし　凍らせ　溶かし　ただそうしているだけで、
発酵してもいない　生でもない。
高たんぱくの　じつに粘りのある味になる
どうやら　遠い春の　生ぐさいにおいが　してくるね。
あの　太陽と月の食べもの、 それがクァメギだ。 友よ
もう一杯！
この友情もまた　天の恵みの　季節の肴でしょ。

文仁洙　1945年、慶尚北道星州生まれ。『심상（心象）』で登壇。詩集に『늪이 늪에 젖듯이』『배꼽（へそ）』など。

ユッケ（牛刺身）｜육회

韓国式の牛刺身。
漢字では「肉膾」と書いて牛肉のなます（刺身）を意味する。
脂肪分の少ないモモ、ランプなどの赤身肉を用い、生のまま細切りにして味わう。
味付けには醤油、酒、砂糖、ゴマ油を用いるのが一般的で、
全体を和えるようにして馴染ませる。
一緒にナシの千切りや、きゅうりの千切り、卵黄、松の実などを添えることが多く、
全体をよく混ぜ合わせて食べる。
こうしたユッケをピビムパプと掛け合わせたユッケピビムパプも有名である。

材料（2人分）

牛肉	150g
梨	1/4個
ニンニク	3片
松の実	5個
塩	小さじ1/2
砂糖	大さじ2
すりゴマ	大さじ1/2
胡椒	適量
ゴマ油	大さじ1/2
長ねぎ（みじん切り）	小さじ1
ニンニク（みじん切り）	小さじ1

作り方

1) 皮をむいて千切りにした梨を砂糖水に漬けて変色を防ぐ。
2) ニンニクは薄切りにする。
3) 牛肉は水に漬けて血を抜いたら脂身と筋を取り除き、長さ5cm、厚さ3mm程度の千切りにする。
4) 3) の牛肉に塩、砂糖、みじん切りの長ねぎとニンニク、すりゴマ、胡椒、ゴマ油を混ぜて味を調える。
5) 1) の梨は水気を切って皿の端に丸く飾り付け、中央にユッケを盛る。
6) ユッケの周りに2) のニンニクを円形になるよう立てて飾る。
7) 松の実は細かく砕いてユッケの上にふりかける。

육회 | 문현미

오직 있는 그대로
오직 날것의 숨결로

우리들 오래된 밥상을 위하여
아낌없이 내놓은 묵묵한 야생이여

선홍빛 살점과 하얀 과육이
둥근 접시의 고요를 배경으로

섞이지 않으면서 서로 어우러지는
빗살무늬로 얇게 채 썰어 하나가 되는

아무런 꾸밈이 필요 없다
손맛이 매운 섬세한 손끝에서
다만 벼린 칼날의 정직한 반복으로
빚어지는 서늘한 황홀의 예술

육회를 먹으며 유케―유케―소리를 내면
입안 가득히 유―쾌―한 맛이 번져 나가고

온몸에 눈부신 물이 쏙쏙 들어
미각의 보름달이 차오른다, 두―둥실!

ユッケ

ムン・ヒョンミ

ただ　あるがままに
ただ　生きものの息づかいで

私たち　久しぶりの食卓に
惜しみなくさらけだす　黙々たる野生よ

鮮紅色の肉片と　白い果肉が
まるい皿の静寂を背景に

混じらないで　互いにひとかたまりになっている
櫛目模様に薄く千切りにされながらも　ひとつになっている

どんな飾りも必要ない
手作りの辛味　繊細な指先が
ただ　くりかえしうごかす包丁の刃から
作りだされる　ひんやりした　恍惚の芸術

ユッケを食べながら　ユッケ―、　ユッケ―、　と声に出せば
口の中いっぱい愉―快―な味が広がって

からだじゅうに輝かしいもの　ぐんぐん入っていき
味覚の満月がのぼる、　ぽっーかり！

ムン・ヒョンミ　1957年、釜山生まれ。98年『詩と詩学』で登壇。詩集に『기다림은 얼굴이 없다』『칼 또는 꽃(刀または花))など。

オリグルジョッ（牡蠣の塩辛） ｜ 어리굴젓

小さな牡蠣の塩辛。
オリグルが小さな牡蠣、ジョッは塩辛を表す。指先ほどの小さなサイズの牡蠣であり、
一般的なサイズのものはクルジョッと呼ぶ。
詩の中に登場する看月島（忠清南道瑞山市）は天然牡蠣の名産地であり、
とれるほとんどが小粒ながら、凝縮した味を楽しめるとして知られる。
冬にとれた新鮮な牡蠣を塩、粉唐辛子などで漬け込んで作り、
食卓での副菜として利用する。
同様の牡蠣はクルパプ（牡蠣ご飯）などにも利用する。

材料（2人分）

牡蠣	600g
もち粉	大さじ1
水	150cc
塩	大さじ4
粉びき唐辛子	大さじ6
長ねぎ	1/4本
ニンニク	5片
生姜	20g
ゴマ油、ゴマ	適量

作り方

1) 牡蠣は塩水で洗い、ザルに上げて塩を振っておく。
2) もち粉と水を入れて煮立て、粘り気が出るまで煮詰めてから冷ましておく。
3) 2）に粉びき唐辛子を入れて混ぜる。
4) 3）に1）の牡蠣と千切りにした長ねぎ、ニンニク、生姜を入れて容器に詰め、3日間ほど冷蔵庫で熟成させる。盛り付ける時にゴマ油とゴマを加えて和える。

어리굴젓

박주택

간월도 바닷물이 섬을 이었다 끊었다 하는 동안
굴은 굴대로 자신의 목숨을 안으로 삭혀 향을 품었을 것인데
바위도 간월암 추녀 끝을 지나는 구름에 몸을 내주며
일생을 써내려갔을 것인데

서산시 부석면 간월도, 부석사 지나 간월도
그곳에는 갈매기가 내려앉아 마치 바다를 양 날개로 떠미는 것 같고
생이란 생을 가볍게 떠미는 것 같고
햇볕으로 구름으로 풍랑으로 달빛에 절여
굴은 싱싱하도록 녹진거리기도 하는데

벌겋게 깻잎에 받쳐 올라온 어리굴젓
밥상 앞 고이는 침을 삼키며 젓가락을 들 때
고인 침과 함께 길게 빼문 혀 위에 얹히는 어리굴젓
하얀 쌀밥에 섞어 우물거리며 문득 밖을 바라보는 순간

삭힌 것들이 주는 시큼하고도 달달한 것은
한사코 갯마을 노인들을 닮아 있다
소설 몇 권을 녹인 주름을 닮아 있다

オリグㇽジョッ | パク・ジュテク

看月島《カンウォルド》の海水が　島をつないだり切ったりしているあいだ
牡蠣は牡蠣で　自分のいのちの内にひっそり香りを抱いていたのであり
岩も看月庵の庇の先を過ぎていく雲に　からだをあずけて
一生を書きおろしていたのであり

瑞山《ソサン》市浮石面《ブソクミョン》看月島、　浮石寺《プソクサ》を過ぎて看月島
そこにはカモメが舞い降り　まるで両の翼で海をすくいあげるようにして
いのちといういのちを　軽くすくいあげるようにして
陽に　雲に　風浪に　月光に　ひたされて
牡蠣は　生々しいほど粘りに粘っていくのであり

エゴマの葉にのせられ　やってきた薄紅の牡蠣の塩辛
食卓を前に　溜まる唾を飲み込みながら箸を持つとき
溜まった唾といっしょに長く突きだした舌の上にのせる　牡蠣の塩辛
白いご飯に混ぜてもぐもぐやりながら　ふと外を眺めやる瞬間

醸しだされたものは　酸っぱくも甘辛く
必死に　海辺の村の老人たちを　真似ている
小説何冊か溶かし込んだ老人たちの皺を　真似ている

朴注澤　1959年、忠清南道瑞山生まれ。86年『京郷新聞』で登壇。
詩集に『꿈의 이동건축(夢の移動建築)』『시간의 동공(時間の瞳孔)』(思潮社, 2008)など。

サムギョプサル

（豚バラの焼き肉）

삼겹살

豚バラ肉の焼肉。
サムギョプサルは豚バラ肉のことを表し、
その焼肉も同じ名称で呼ぶ。
直訳では「三層の肉」という意味で、
赤身と脂が層状になっていることに由来する。
しっかりと焼いた豚バラ肉を、
サンチュ、エゴマの葉で包み、ニンニク、
青唐辛子、ねぎの和え物、
サムジャン（包み味噌）などと一緒に味わう。
また、ゴマ油と塩を混ぜたタレにつけてもよい。
韓国では庶民的な焼肉として人気が高く、
親しい仲間内での会食では
定番の料理とされる。

材料（2人分）

豚バラ肉	400g
粗塩、胡椒	適量

作り方

1) 豚バラ肉を薄切りにし、粗塩と胡椒で下味を付ける。
2) フライパンに油を入れて十分に熱したら肉を載せる。焼けたら裏返して反対側も同様に焼く。

삼겹살 | 원구식

오늘밤도 혁명이 불가능하기에
우리는 삼삼오오 모여 삼겹살을 뒤집는다.
돼지기름이 튀고, 김치가 익어가고
소주가 한 순배 돌면
불콰한 얼굴들이 돼지처럼 울분을 토한다.

삼겹살의 맛은 희한하게도 뒤집는 데 있다.
정반합이 삼겹으로 쌓인 모순의 고기를
젓가락으로 뒤집는 순간
쾌락은 어느새 머리로 가 사상이 되고
열정은 가슴으로 가 젖이 되며
비애는 배로 가 울분이 되는 것이다.

그러니까, 삼겹살을 뒤집는다는 것은
세상을 뒤집는다는 것이다.
정지된 것은 아무것도 없다.
너무나 많은 양의
이물질을 흡수한 이 고기는 불의 변형이다!

경고하건대 부디 조심하여라.
혁명의 속살과도 같은 이 고기를 뒤집는 순간
우리는 어느새 입안 가득히
불의 성질을 가진 입자들의 흐름을 맛보게 되는 것이다.
세상이 훼까닥 뒤집혀 버리는
도취의 순간을 맛보게 되는 것이다.

サムギョプサル｜　ウォン・グシク

今夜も革命はダメか　と
我らは　三々五々集まって　サムギョプサルをひっくり返している。
豚の脂がはね、 キムチが焼けて
焼酎　順々とめぐれば
赤くなった顔々が　豚のように　うっぷんをぶちまける。

サムギョプサルの旨みは　摩訶不思議　ひっくり返すところにある。
正 ・ 反 ・ 合が三層に重なった矛盾の肉を
箸で　ひっくり返す瞬間
快楽はすでに頭に駆けて思想になり
熱情は胸に駆けて乳になり
悲哀は腹に駆けてうっぷんになるのである。

であるから、 サムギョプサルをひっくり返すということは
世の中をひっくり返すということ。
とどまるものはない。
あまりにたくさんの
異物を吸いとったこの肉は　火のメタモルフォーズ！

くれぐれもご用心。
革命の中身ともいえるこの肉を　ひっくり返す瞬間
我らは早くも口の中いっぱいに
火の特性をもった粒子の流れを味わうことになる。
世の中ががらっとひっくり返ってしまう
陶酔の瞬間を　味わうことになるのだ。

ウォン・グシク　1955年、京畿道漣川生まれ。79年『東亞日報』で登壇。
詩集に『먼지와의 싸움은 끝이 없다(ほこりとの戦いに終わりなし)』『마돈나를 위하여(マドンナのために)』など。

プルコギ（韓国風すき焼き）　불고기

薄切りにした牛焼肉。
プルは火、コギは肉を意味し、焼肉全般を指すこともある。
調理法はさまざまだが、ソウル式では下味に漬け込んだ牛肉を
中央の盛り上がった鉄板で焼きながら味わう。
サンチュなどの葉野菜に包んで食べてもよい。
牛肉を片手網に挟んで両面をよく焼いたものは
ソクセプルコギ、パサクプルコギと呼ばれる。
家庭料理としては手軽な炒め物として作られることが多く、
牛肉のかわりに豚肉を用いたテジプルコギも人気が高い。

材料（2人分）

牛肉（切り落とし）	300g
長ねぎ	1/2本
玉ねぎ	1/4個
にんじん	1/4本
エリンギ	2本

- 肉の下味：梨汁大さじ3、玉ねぎ汁大さじ2、酒大さじ1、梅エキス大さじ1
- ヤンニョムジャン：醤油大さじ3、砂糖大さじ3、長ねぎ（みじん切り）大さじ2、ニンニク（みじん切り）大さじ1/2、ゴマ油 大さじ1、ゴマ大さじ1、胡椒適量

作り方

1) 牛肉は血を拭き取って下味を付け、30分ほど置いておく。
2) 長ねぎは斜め切り、玉ねぎとにんじん、エリンギは千切りにする。
3) 牛肉にヤンニョムジャンを満遍なくからめ、冷蔵庫に1時間ほど寝かせる。
4) 熱したフライパンに牛肉を入れる。肉に半分ほど火が通ったら2) の野菜を入れて炒める。

불고기 | 이가림

한국 사람한테
제일 좋아하는 음식이 뭐냐고 꼽으라면
늘 다섯 손가락 안에 불고기가 들어간다.
세계 어느 나라 사람이든
한번 먹어봤다 하면
단연 불고기가 최고라고 한다.
외국인들이 가끔 불고기를 코리언 바비큐라고
그렇게 말하지만
어디까지나 '불고기' 라고
고유명사로 부르게 해야 한다.
고양이 문살 긁는 소리 내며
창가에 싸락눈 내리는 겨울날
농담 잘 하는 친구 녀석들 서넛 불러내어
뜨뜻한 장판방에 둘러앉아
불판에 육수국물 부어가며 먹는
그 불고기 맛이라니!
내 프랑스 친구 파트릭에게
고기를 그냥 구워먹는 게 아니고
갖은 양념 간장에 하룻밤 재워놓았다 먹어야
제 맛이 난다고 일러주자,
어떻게 고기를 침대에다 재우냐고 하는 바람에
크하하하, 크하하하, 크하하하……
배꼽 잡고 웃던 일 생각난다.
불고기 맛있게 먹는 법
알기 쉽게 설명할 사람 누구 없을까.

プルコギ｜　イ・ガリム

韓国の人に
いちばん好きな食べ物は？　と聞けば
つねに五本の指にプルコギが入ってくる。
世界中どこのくにの人も　いちど食べてみたなら
断然プルコギが最高　と言う。
外国人たちは　プルコギをときどき　コリアンバーベキューと
呼ぶけど
あくまで「プルコギ」と
固有名詞で　言わなきゃいけない。
猫が戸を引っ掻く音がして
窓外に霰ふる冬の日は
冗談のうまい野郎ども3、4人呼んで
あったかいオンドル部屋に円くなって座り
鉄鍋に肉汁そそぎながら食べる
そのプルコギの旨いこと！
ぼくのフランスの友人パトリックに
肉をただ焼いて食うのではなく
ヤンニョムジャンにひと晩寝かせておくと
味がしみて旨くなるよ　と言うと、
どうやって肉をベッドに寝かせるのか　と言うので
クハハハ、クハハハ、クハハハ……
腹をかかえて笑ったこと　思いだすな。
プルコギをおいしく食べる方法
わかりやすく説明できる人　だれかいない？

イ・ガリム　1943年、満州生まれ。66年『東亞日報』で登壇。詩集に『빙하기（永下期）』『내 마음의 협괘열차（私の心の狭軌列車）』など。

カンジャンケジャン（ワタリ蟹の醤油漬け） | 간장게장

カニの醤油漬け。
カンジャンは醤油、ケジャンはカニを薬味醤油や
辛い薬味ダレに漬け込んだ料理を総称する。
ワタリガニを利用して作ることが多いものの、
イシガニ、ケガニ、チュウゴクモクズガニなどでも作る。
カニは丸ごと生のまま薬味醤油に漬け込み、包丁で食べやすくぶつ切りにした後、
殻にかぶりつくように身を吸い出して味わう。
甲羅の味噌や内子をご飯と混ぜて食べても美味しい。
ご飯との相性のよさからご飯泥棒との異名を持つ。

材料（2人分）

渡り蟹	2匹

〈ヤンニョム〉

醤油	1カップ
水	2と1/2カップ
ニンニク	6片
生姜	20g
玉ねぎ	1/2個
焼酎	1/2カップ
唐辛子	2本
梅エキス	1/2カップ

作り方

1) 渡り蟹はブラシでこすりよく洗っておく。
2) ヤンニョムの材料を鍋に入れて、火にかけ沸騰させる。
3) 2) のヤンニョムをこしてから冷ます。
4) 1) のカニを3) のヤンニョムに漬ける。
5) 2～3日後、ヤンニョムの汁だけを取り出し再び沸騰させてから、こして冷ましてから渡り蟹を漬け込む。
6) さらに2～3日漬け込んでから食べる。

간장게장

이정록

내 별명은 밥도둑이다. 등딱지는
열 번 넘게 주조鑄造한 이각반합二角飯盒이다.
밥 한 그릇 뚝딱! 게눈 감추듯 치워버리는,
이 신비한 밥그릇을 지키려 집게손을 키워왔다.
손이 단단하면 이력은 두툼하다.
복잡한 과거가 아니라 파도를 넘어온 역사다.
양상군자梁上君子와 더불어 반상군자飯床君子로
동서고금의 도둑 중에 이대성현이 되었다.
바다 밑바닥을 벼루 삼으니 먹물마저 감미롭다.
음주고행으로 보행법까지 따르는 자들이
발가락까지 쪽쪽 빨며 찬양하는 바다.
내 등딱지를 통해 철통밥그릇을 배워라.
밥그릇은 어떻게 지켜야 하는가?
큰 그릇이 되려면 지금의 그릇은 버려라.
묵은 밥그릇마저 잘게 부숴 먹어라.
언제든 최선을 다해 게거품을 물어라.
옆걸음과 뒷걸음질이 진보를 낳는다.

カンジャンケジャン　イ・ジョンノク

吾輩の別名は飯どろぼう。 甲羅は
十回以上鋳造した二角飯盒である。
飯一杯たちまち！　蟹の目くらますように食べられてしまう、
この神秘的な甲羅を守るために　はさみを　育ててきた。
はさみが堅固なのは　それだけ経験が豊富ということ。
こみいった過去ではなく、 波濤をこえてきた歴史だ。
梁上君子のネズミと　飯床君子の飯どろぼうは
古今東西のどろぼうの中で　二大聖賢になった。
海底を硯とするから　墨汁さえ甘美である。
飲酒苦行と称し　歩行術すら真似るやからが
足の指までちゅうちゅう吸いおって　褒めたたえる海。
吾輩の甲羅を見て　その堅固さを学びなさい。
飯のうつわというものはどうあらねばならないか？
大きなうつわになろうとするなら　いまのうつわは捨てなさい。
古いうつわなら　上手に碾《ひ》いて食べてしまいなさい。
いつでも最善を尽くして　蟹の泡に食らいつくこと。
横歩きと　後ずさりが　進歩を産むのですぞ。

イ・ジョンノク　1964年、忠清南道洪城生まれ。89年『太田日報』、1993年『東亞日報』で登壇。
詩集に『벌레의 집은 아늑하다(虫の家は居心地がいい)』『정말(本当に)』など。

サンナㇰチ

（テナガダコの活き造り）

산낙지

テナガダコの活き造り。
サンは活きていることを示す動詞、ナㇰチはテナガダコを表す。
活きたテナガダコをそのままぶつ切りにし、ゴマ油と粗塩を振りかけて味わう。
鮮度のよいものであれば皿上でもウネウネと動き、吸盤が皿や箸、ひいては口や舌などに貼り付く。
いわば踊り食いのようなもので、そのイキのよさを楽しむ料理でもある。
また、産地などではぶつ切りにせず丸のまま割り箸に巻き付け、コチュジャンをつけてかぶりつく食べ方もある。

산낙지 | 정호승

신촌 뒷골목에서 술을 먹더라도
이제는 참기름에 무친 산낙지는 먹지 말자
낡은 플라스틱 접시 위에서
산낙지의 잘려진 발들이 꿈틀대는 동안
바다는 얼마나 서러웠겠니
우리가 산낙지의 다리 하나를 입에 넣어
우물우물거리며 씹어 먹는 동안
바다는 또 얼마나 많은
절벽 아래로 뛰어내렸겠니
산낙지의 죽음에도 품위가 필요하다
산낙지는 죽어가면서도 바다를 그리워한다
온몸이 토막토막 난 채로
산낙지가 있는 힘을 다해 꿈틀대는 것은
마지막으로 한 번만 더
바다의 어머니를 보려는 것이다

サンナクチ

チョン・ホスン

新村《シンチョン》の路地裏で酒を飲んでも
もう　ゴマ油で和えたサンナクチを食うのはよそう。
古いプラスティック皿の上で
サンナクチの切られた足がくねりつづけるあいだ、
海はどんなに悲しかったか
僕らがサンナクチの足一本を口に入れて
もぐもぐ噛んでいるあいだ
海はもう何度
絶壁の下に飛び降りていったことか
サンナクチの死にも品位が必要だ
サンナクチは死にゆきながらも海が恋しい
からだじゅうずたずたになりながら
ありったけの力を尽くしてくねり続けるのは
最後にもういちど
海の母に会おうとしているからなのだ

鄭浩承　1950年、慶尚南道河東生まれ。73年『韓国日報』で登壇。
詩集に『ソウルのイエス[本多企画2008年]』『사랑하다가 죽어버려라(愛して死んでしまえ)』など。

クルビ（イシモチの干物）　　굴비

イシモチの干物。クルビは漢字で屈非と書き、「我屈するに非ず」との意。
高麗時代に左遷されたある高官が、地元の名産であるイシモチを中央に送る際、
地方にあっても志を忘れずに充実した日々だとの意味を込めて
屈非と書き添えたのが由来とされる。
韓国では最高級の干物として人気が高く、
旧正月や秋夕《チュソク》（陰暦8月15日）の贈答品としても定番である。
焼き魚として味わうほか、ジョン（チヂミ）や、メウンタン（鍋料理）としても利用する。

材料（2人分）

イシモチ　2匹

- カンジャンソース：醤油 大さじ2、長ねぎ（みじん切り）大さじ1/2、生姜（みじん切り）小さじ1、酒小さじ1、ゴマ油大さじ1/2、ゴマ小さじ1

作り方

1）イシモチは鱗を取り除き、流水で洗って水気を切る。
2）カンジャンソースを混ぜ合わせる。
3）熱したフライパンに 2）のカンジャンソースを塗ったイシモチを入れ、表裏二回ずつ裏返してこんがりと焼く。

굴비 | 조창환

굴비가 아련한 것은 기억 때문일까, 미각 때문일까

굴비 한 두름 노끈에 꿰어
의기양양하게 골목길 들어서시던 아버지, 아버지 냄새
굴비 구워 두레반상에 올리고
가시 발라 숟가락에 얹어 주시던 어머니, 어머니 냄새
굴비포 껍질 벗겨 찹쌀고추장 항아리에 층층이 쌓아 넣고
궂은날 옹기단지 들여다보시던 할머니, 할머니 냄새

굴비 한 마리에 짭짤한 법성포 바닷바람 묻어 있고
굴비 두 마리에 출렁이는 추자도 파도소리 스며 있고
굴비 세 마리에 쨍쨍한 연평도 여름 햇볕 녹아 있다
씹을수록 진득한 굴비 한 조각
감칠맛도 아니고 짠맛도 아니고 매운맛도 아닌
그 맛, 당길 맛
중국 맛도 아니고 일본 맛도 아니고 서양 맛은 더욱 아닌
그 맛, 조선 맛
우리 할아버지, 할머니, 아버지, 어머니
군침 돌아 입맛 다시던 그 맛, 당길 맛

굴비가 아련한 것은 그 맛, 당길 맛 때문이다

クルビ｜　チョ・ジャンファン

クルビについておぼろげなのは　記憶のせいか、 味のせいなのか

クルビ一束　ひもに通して
意気揚揚帰ってきた父、 その父の匂い
クルビ焼いて、 膳にのせれば
骨をとってスプーンにのせてくれた母、 その母のにおい
干したクルビの皮をはぎ　餅米コチュジャンの甕に幾層にも積み
天気の悪い日　甕をのぞいていた祖母、 その祖母の匂い

クルビ一匹　塩からい法聖浦《ポプソンポ》*1の海風　くっつけ
クルビ二匹　波打つ楸子島《チュジャド》*2の波の音　染み込み
クルビ三匹　カンカン照り延坪島《ヨンピョンド》*3の夏の陽射し　とけている

噛むほどに味がでる　クルビひと切れ
コクがあるというわけでなし　塩からいわけでなし　辛くもない
その味、 淡いけれどそそる味
中華でなし　和風でなし　まして西洋風ではない
その味、 朝鮮の味
我らの祖父、 祖母、 父、 母
生つば湧き　舌鼓打ったその味、 淡いけれどそそる味

クルビについておぼろげなのは、 その味、 淡いがそそる味のせいだ

*1「法聖浦」全羅南道霊光郡にある漁港でクルビの名産地。
*2「楸子島」済州島済州市に属する島でクルビの名産地。
*3「延坪島」京畿湾北西部に浮かぶ軍事境界線近くの島。 クルビは全羅南道から黄海を北上、 この島を経て平安道方面へ回遊するといわれる。

チョ・ジャンファン　1945年、ソウル生まれ。73年『現代詩学』で登壇。
詩集に『빈집을 지키며(空き家を守って)』『그때도 그랬을 거다(その時もそうしたんだ)』など。

ナクチポックム（テナガダコ炒め）｜낙지볶음

テナガダコの炒め物。ナクチはテナガダコ、ボックムは炒め物を総称する。
ぶつ切りにしたテナガダコを、玉ねぎ、にんじんなどの野菜とともに炒めて作る。
粉唐辛子やコチュジャンを入れて激辛に作ることが多く、
辛さを和らげるためにそうめんを添えて提供することもある。
居酒屋などでは焼酎に合う料理としての評価が高い。
釜山《ブサン》市においては鍋料理のように煮汁を多めにして作る方法が浸透し、
チョバンナクチの名前で郷土料理にもなっている。

材料（2人分）

テナガダコ	1匹
玉ねぎ	1/4個
にんじん	1/4本
細ねぎ	2本
エリンギ	1/3束
セリ	2本

・ヤンニョムジャン：醤油大さじ1、水飴大さじ1、ゴマ油大さじ1/2、粉唐辛子小さじ1、酒大さじ1、砂糖小さじ1、ニンニク（みじん切り）小さじ2、コチュジャン大さじ1、胡椒、ゴマ適量

作り方

1）テナガダコを食べやすい大きさに切る。
2）ヤンニョムジャンの材料を全て混ぜ合わせる。
3）野菜はぶつ切りにする。
4）3）の野菜を強火で炒めて水分が飛んだら、テナガダコを入れて炒める。
5）4）にヤンニョムジャンを入れて更に炒める。
6）皿に盛ってゴマを振りかける。

낙지볶음 | 허형만

자고로 힘이 떨어진 소에게
낙지 한 마리만 먹이면 벌떡 일어선다 했다
살아 있을 때 칼로 온몸을 잘라도 한참을 꿈틀거리는
머리에 붙은 팔이 여덟 개라 팔팔한 낙지
흡반으로 조개를 잡아먹을 만큼 강인하면서도
성질은 순하고 독이 없고 그 맛은 달고
비늘도 없고 뼈도 없는 낙지
내가 알기로 낙지 중의 낙지는 역시
전라남도 무안 앞바다 갯벌 속에서 숨쉬는
새끼만 뻘낙지, 세발낙지가 최고라
산낙지는 산낙지대로, 낙지전골은 전골대로 제 맛이지만
소금으로 문질러 씻어낸 낙지와 입맛 돋는 고추장
다진 생강과 온갖 양념을 잘 버무려
자글자글 볶아낸 낙지볶음에 소주 한 잔 곁들이면
맛 중의 맛이요 보양 중의 보양이니
자고로 기운 없고 힘이 부친 사람이
낙지 한 마리만 먹으면 힘이 불끈 솟는다 했다

ナクチポックム｜　ホ・ヒョンマン

古来　弱った牛に
タコ一匹食べさせれば　それだけでむっくり起き上がると言われてきた
生きているタコを刃物で切り刻んでも　しばらくはくねくね動いている
頭にくっついた八本の足もぴんぴんしている
吸盤で貝を捕えて食うほど強靭だが
性質はいたって純情　毒気がなく　味は甘やか
鱗も骨もないタコ
ぼくが知っているタコの中のタコは　やっぱり
金羅南道《チョルラナムド》務安《ムアン》の干潟に棲息している
真っ黒なナクチ、　細足ナクチが最高かな
生のナクチは生のナクチの　ナクチ鍋はナクチ鍋の　それぞれの味がある
塩で揉んで洗ったタコに　旨みをつけるコチュジャン
みじん切りの生姜とヤンニョムでよく和え
じゅうじゅう炒めたナクチ炒めに　焼酎一杯添えれば
これぞ旨さの極み　最強の精力剤　だから
古来　気のおとろえた手負いの人が
タコ一匹食べさえすれば　力がかっと湧きあがると　言われてきた。

許炯萬　1945年、全羅南道順天生まれ。73年『月刊文学』で登壇。詩集に『청명（清明）』『불타는 얼음（燃える氷）』など。
『耳を葬る』（2014年、クォン）が翻訳出版されている。

チョクパル（豚足醤油煮） | 족발

豚足の煮物。
チョクパルは豚足を意味するが、
チョクは漢字で「足」と書き、パルも固有語での足を表す。
下茹でした豚足を醤油、酒、砂糖、香辛菜、漢方材などと煮込み、
食べやすくスライスして提供する。
サンチュ、エゴマの葉などの葉野菜に包んで食べるほか、
相性のよいアミの塩辛につけて味わうことも多い。
骨まわりの部位はかぶりついても味わう。
ソウルの奨忠洞《チャンチュンドン》や、釜山の富平洞《プピョンドン》に専門店が集まっており、
各地の在来市場でも販売される。

材料（2人分）

豚足	2本
ゴマ油	大さじ2

- 香辛菜：玉ねぎ 1/4個、長ねぎ 1/3本、酒 大さじ2、生姜1片、ニンニク2片、胡椒適量
- ヤンニョムジャン：豚足ゆで汁 3カップ、醤油 大さじ4、なつめ 10個

作り方

1) 豚足は毛を取り除いてきれいに洗い、香辛菜を入れてゆでる。
2) 柔らかくなるまで1～2時間ほどゆでたら、豚足とゆで汁をそれぞれ一旦取り出す。鍋に豚足とゆで汁3カップ、ヤンニョムジャンを入れて再び煮る。
3) 水分がなくなったらゴマ油を入れる。

족발

황학주

각을 뜬 발들은 꽃잎처럼 얇다
꿀꿀거리는 소리를 알아들을 수 없으나
접시 위에 핀 꽃잎들은 귀띔을 해준다
더 갈 수 없을 때
꽃은 필 수 있다고
꽃이란 피할 수 없는 어떤 걸음,
혹은 희생이라는 것
가장 예쁜 꽃잎은
시궁창 속으로 가장 자주 지나간 부위라는 것
인간의 사랑 같은 것도
갈라지고 터진 발가락 같은 곳에 가끔씩 산다고
입안에서 녹으면 귀가 간지럽다고
꿀꿀대며 내 말을 하지 말라고

チョクパル | ファン・ハクチュ

切り分けられた足は　花びらのようにかよわい
ぶうぶう鼻をならす音を聞き分けられなくても
皿の上に咲いた花びらは　そっと囁く
もうこれ以上　進めないとき
花は　咲けるのだと
花というのは、 避けることのできない　その歩み、
あるいは　犠牲　ということ
もっとも美しい花びらは
泥沼の中をもっともよく行き来した部位であるということ
人間の愛　のようなものも
割れ　裂けた足の指のようなところに　ときには棲んでいると
口のなかで溶かしていると　耳がこそばゆいからと
ぶうぶうと　私のことはもう言わないでと

ファン・ハクチュ　1954年光州生まれ。詩集『사람(ひと)』で登壇。詩集に『저녁의 연인들(夕暮れの恋人たち)』など。

チェサン（祭祀膳）｜제사상

韓国の儒教の中心的な思想である「親に対する孝行」とは、
生存中は誠心誠意親の面倒を見ること、
亡くなってからは祭祀《チェサ》を通して祀ることをいう。
チェサとは親が生きている間にやり尽くせなかった親孝行を補うという意味で、
韓国人の精神文化を支える重大な行事でもある。
チェサを通して韓国人は自らのルーツを振り返り、祖先の冥福と一家の繁栄を願う。
また同時に、血縁を重要視する韓国人にとって、
チェサは同じルーツを持つ親族の結束と同族意識を高める役目も持っている。
チェサのための特別な食べ物は驚くほど大量に用意し、
儀式が終わると親族や隣近所の人々と分け合って食べる。

料理の並べ方にも決まりがある。
祭壇の一番奥にご飯と汁物が並べられ、
ご飯と汁物の手前に肉、魚、卵、チヂミなどが並ぶ。
さらにその手前に、ナムルが数品並び、
そのまた手前に、果物やお菓子などが並ぶ。

祭祀床《チェササン》——在日の百年｜　キム・英子・ヨンジャ

——幼き日、わがやにオンドルがあった頃。

特別な気分のスイッチ入るべし漆の卓を座敷に据えれば

臙脂色の漆の卓に供え物運んで運ぶ母につきゆく

記憶には無いけどこれがおじいちゃん白きチョゴリに長き顎ひげ

お豆腐に浅蜊と烏賊の味しみて祭祀には小《ち》さき海を供える

供え物片手で置けば母の声飛んでいつしか添える左手

茹で鶏に蒸し餅チヂミ煎《ジョン》ナムル祭祀の卓の上《え》故郷《コヒャン》をつくる

あくる日のお昼は決まってピビムバプ祭祀のナムルを子らはたいらぐ

——長じて祭祀の料理を手伝う。

うすくうすく焼くのが秘訣ただひとつオモニに誉めてもらえしチヂミ

——二〇一〇年、三世の姪が成人式を迎えた。

手足長き姪にチョゴリを着せやりてこんなに明るき今年の正月

在日の百年の中八十年を生きてわがやの正月の祭祀

제사상, 자이니치 백 년

——어린 시절, 우리 집에 온돌이 있었을 때

특별한 기분의 스위치가 켜지네　옻칠한 제사상을　사랑방에 차려 놓으니

연지색깔 옻칠한 제사상에　제사 음식을 나르고 또 나르는　어머니를 따라다니네.

기억에는 없지만　이분이 할아버지　하얀 저고리에 긴 턱수염

두부에 배어든　바지락과 오징어 맛　제사상에 올리는 작은 바다

한 손으로 제물 올리면　사정없이 날아오는 어머니의 호통소리　나도 모르게 거드는 왼손

삶은 닭에 시루떡 부침개 나물　제사상 위에　고향을 만드네

제사 다음날 점심은 어김없이 비빔밥　아이들은 제사 나물을　말끔히 먹어 치우지

——커서 제사 요리를 돕다

얇게 부치는 것만이 비결이라　어머니한테 칭찬 받은　유일한 내 솜씨, 부침개

——2010 년, 교포(자이니치) 3 세인 질녀가 성인식을 맞았다

팔다리 늘씬한 질녀에게　치마저고리 곱게 차려 입히니　이렇게 밝아지는 올해 설날

재일한국인 백 년의 역사 속에　팔십 년을 지켜 온　우리 집 설날 제사

(韓国語訳：イ・キリン, イ・ビョンユン)

イバジ（儀礼の食事）　이바지

韓国には婚婚式から８日後に、両家が互いに真心をこめて贈る料理を通して両家の家柄を見るという昔からの慣わしがある。
イバジとは新婚旅行から戻った娘が新郎の家に入るにあたり、新婦の母が持たせる食べ物のことを言う。
家庭や地方によって少しずつ異なるが、牛カルビの煮物や海産物、果物、餅など格式に基づいて行なう場合もあれば、餅や果物、韓菓などで済ませる場合もある。
イバジには、娘が婚家の家族から可愛がられ幸せに暮らすことを願う母親の愛情が込められており、新郎の母親も同様に、イバジを受け取り、そのお返しとして食べ物を贈ることもある。
本来ならばそれぞれ手作りの料理を贈ることで互いの味付けが分かるものだが、近年は専門店に注文するのが一般的になっている。

イバジ　花の道

キム・英子・ヨンジャ

ははそはの母の煮炊きに養われ少女《おとめ》となりたりひととなりたり

母の手の味で私はできている細胞ひとつひとつに沁みてる

明日からはこの味離《か》れて義母《シオモニ》と厨に立つよ春霞む空

わたくしを育てた味を詰めてある重ねの箱と嫁ぎゆくかも

しんしんと歩みはじめる花の道あなたへ未来へ続くこの道

たまきわる命をかけてこの愛を育ててゆかん守りてゆかな

松のお重に花のごとくに敷きつめて召しませ卵召しませ飴を

震えつつ銀の箸にて取り分けるゆで卵この頼りなきもの

イバジとう言葉知らずて口を衝く「すみません」はや二世のわれや

キム・英子・ヨンジャ
1960年、福岡県生まれ。短歌結社「カリン」会員。2011年「かりん」入会。11年第31回かりん賞受賞。歌集『サラン』『百年の祭祀（チェサ）』がある。

이바지, 새색시의 꽃길

사랑하는 어머니가 해 주신 밥으로　나는 한 소녀가 되고　한 여인이 되었네

어머니의 손맛은 내 몸이 되어　세포 하나하나마다　스며들어 있네

내일부터 어머니의 맛을 이별하고　시어머니와 함께 부엌에 서야 하네　봄안개 서린 뿌연 하늘

나를 길러 주신 어머니의 맛을　찬합 가득 담아서　나는 시집을 간다네

살포시 내딛는 새색시의 꽃길　님에게로 미래로　이어지는 이 길

목숨 바쳐 우리 사랑을　키워가야지　지켜가야지

소나무 찬합 속에 꽃처럼 담아 놓은　달걀도 드시고　엿도 드셔요

떨리는 손에 잡은 은젓가락으로　조심조심 나눠 드리는 삶은 달걀　너마저 도와 주지 않네

이바지라는 말을 몰라 나도 모르게　입에서 나온 말 '스미마셍'　나는 어쩔 수 없는 '자이니치 2세'

（韓国語訳：イ・キリン, イ・ビョンユン）

美味しいコリアンソウルフードが食べられるお店

韓国の美味しい料理は、
本文中で紹介したもの以外にもまだまだいっぱい！
食の都、全羅道《チョルラド》の郷土料理や江原道《カンウォンド》の名物料理「川魚メウンタン」、
日本でもおなじみのプデチゲなどが食べられる
ソウルの美味しいお店をご紹介します。

南道韓食コウンニム

グルメの都、全羅南道料理の専門店

ソウル市庁やプラザホテルに隣接しているため、旅行者もアクセスが便利。主なメニューはカンジャンケジャン、霊《ヨン》光《グァン》クルビ、干し魚の煮込み、海藻を使ったおかずなど。本場の韓定食が味わえるだけでなく、食の宝庫といわれる全羅南道《チョルラナムド》の莞島《ワンド》から直送される食材を使った、地域色豊かな珍味も楽しめる店と評判だ。

住所：　ソウル市中区太平路2街68-1 2F
電話番号：　02-775-0038
営業時間：　11:00～22:00
定休日：　旧正月、秋夕

ウリムジョン

35年の歴史を誇るプデチゲ店

ランチタイムはプデチゲや焼き魚定食を提供しており、周辺のサラリーマンから絶大な支持を得ている。夜はロースやサムギョプサルなどの焼肉メニューはもちろん、ハムやソーセージ、豆腐、餅、玉ねぎなど、約15種の新鮮な材料を大鍋でグツグツと煮込むプデチゲが絶品と評判。韓国出張のたびに同店を訪れる日本人サラリーマンもいるほどの人気店だ。

住所：　ソウル市中区世宗大路11ギル33 - 3番地
電話番号：　02) 752-5939　010-5267-2452
営業時間：　11:00 ~ 22:00
定休日：　祝日

トンガンナルト

ソウル駅前ウナギとメギメウンタンの専門店

店主の故郷である江原道の名物料理、川魚メウンタンが味わえる店。母親から受け継いだ沢蟹とナマズを一緒に煮込むという方法で調理されるメウンタンは、一度食べたら病みつきになること間違いなし。全羅道から毎日空輸されるウナギはスタミナ料理としてだけでなく、その安さも愛される理由の一つだ。ランチタイムは行列が絶えないため少し時間をずらして行くのがおすすめ。

住所：　ソウル市南大門5街6-10
電話番号：　02) 775-9331　010-9070-8856
営業時間：　10:00 ~ 23:00
定休日：　旧正月、秋夕

ペクサン

30年の伝統を誇る東国大前の焼肉専門店

10年以上も値段を変えずに営業してきた同店は「客に優しい店」にも選定されている優良店。ランチタイムの代表的なメニューは韓牛のカルビタンやサゴルウゴジタン、夜は韓牛の霜降りロース、牛バラのスライス、テジカルビ、サムギョプサルなどが人気。店舗は1階と2階だが、2階には200人まで収容できる団体席も完備されている。

住所：　ソウル市中区墨井洞29-32
電話番号：　02-2263-7700　010-5271-7700
営業時間：　8:00～23:00
定休日：　旧正月、秋夕

青園

韓国の食文化が味わえるクヌギの炭火焼肉店

ショッピング天国「明洞《ミョンドン》」の中心に位置しており、外国人観光客もアクセスが非常に便利。韓牛ロースや牛タン、カルビ、プルゴギ、石焼ビビンバ、チヂミなど、韓国に行ったら必ず押さえておきたい料理が揃っており、韓国ビギナーも満足できること間違いなし。ソウル市の観光協会が選ぶ「気楽に安心して食事ができる店」として、韓国料理の文化を伝える役割も担っている。（大阪朝日放送にて紹介－2013年12月）

住所：　ソウル市中区明洞1街54-1
電話番号：　02-776-9631
営業時間：　11:00～22:00
定休日：　年中無休
WEBサイト：　http://www.seoulnavi.com/food/2333/

本場の味のキムチや冷麺、トックを日本で買うならこちら。

株式会社いちりき キムチ屋本店

創業53年の韓国食品製造の老舗

1962年の創業以来、韓国食品の製造加工一筋に取り組み、現在は一般客向けの小売りも可能になった。代表的な加工品は、韓国伝統のうるち米で作られた「とっく」や「とっぽっき」、白菜キムチを主とした手作り惣菜類。特許製法により実現した「強いコシ」が特徴の「いちりき冷麺」は、焼き肉専門店からも支持を得ている。同社は、「食の安全」を最重要課題とし、おいしさの追求とともに、米トレーサビリティ法の厳守にも力を入れている。

住所：　東京都板橋区大山東町54-6
電話番号：　03-3962-6666
東武東上線「大山駅」下車徒歩3分
営業時間：　9:00～17:00（店舗10:00～20:00）
定休日：　日曜日（店舗年中無休）
WEBサイト：　http://www.itiriki.ne.jp

チェササン（祭祀床、162ページ）とイバジ（儀礼の食事、166ページ）は、こちらで購入できます。

おわりに

訳者　中村えつこ

本書の原著『시로 맛을 낸 행복한 우리 한식／詩で味を出した幸せの韓国料理』は、76人の韓国の代表的な詩人が、それぞれのソウルフードについて書いた、76篇の料理詩アンソロジーです。その中から39篇を選び、在日の歌人キム・英子・ヨンジャさんの短歌を加え、さらに撮り下ろしの写真に料理の解説とレシピを付けて、賑やかな『料理＋詩』集となりました。

これらの詩の魅力は、リアリズム精神というか、端的で具体的で身体的な表現にあるでしょう。「前掛けに隠して　ムク　どんぶりなみなみ一杯運んできて／片隅に私たち座らせ　はやく食べなさいと言った母」(「ムク」)。これは、祭祀の準備の合間を縫って忙しい母が腹ペコの子どもらにムクを運ぶ場面です。前掛けを靡かせながらツバメのように小走りで行き来する母。

「においはひどいけど　味は本当にすばらしいチョングクチャン／祖母の手さばきは　じつに魔法使いのようで／ひたいにシワ寄せ　しかめっつらで　さじを持ち上げると／微笑が広がり　さじづかいが早くなるのでした」(「チョングクチャン」)。家族の食の中心人物であった母や祖母の姿が、過ぎ去った時代が、彷彿としてきます。

「牛が鶏見るように無愛想だったその男」(「ジョン」)とか、「すが入った大根みたいに　わたしの心　風が吹きぬけていくんです」(「キムチ」)とか、比喩の具体性にはビックリ。でもとても新鮮。訳はほんとにこれでよいのかと迷うほどでした。

次に紹介するのは少し抽象的な「チョクパル」という詩

です。「切り分けられた足は　花びらのようにかよわい／（略）／もうこれ以上　進めないとき／花は　咲けるのだと／（略）／あるいは　犠牲　ということ／（略）／人間の愛　のようなものも／割れ　裂けた足の指のようなところに　ときには棲んでいる」チョクパルとは豚足のこと。意外に思えますが豚足を薄くスライスすると花びらのように見えるのです（原著にはそれがよく分かる図版が付いていた）。この詩を書いた詩人が光州《クァンジュ》の出身と知り、“犠牲”という言葉にいっそう深みが出たように感じました。光州での犠牲が地名に霊のようについていると。

たかが食べ物されど料理。料理の向こうには、家族がいて友がいて故郷の風土があります。お馴染みのマッコルリを謡った詩には、古阜《コブ》という土地の名前がさり気なく登場しますが、そこは甲午《こうご》農民戦争（東学党の乱）発祥の地。風土には歴史が刻まれていて、その歴史の地層が私たちの舌をつくっていることに、あらためて思い至ったというわけです。

ともあれ、日本語の詩としては冒険の横書き。白いページを分け合って左右に並んだ、ハングル文字と漢字カタカナひらがな混じりの日本語を、そして横書き短歌の妙味を、まるごとどうぞご賞味ください。

最後に。76人もの多種多彩な詩人たちの詩を、挫折しそうになりながらも訳し続けてここまで来ることができたのは、金承福さんのおかげです。八田靖史さん、趙善玉さんとのコラボでこんな楽しい本が出来上がりました。

翻訳
中村えつこ
（なかむらえつこ）

東京寺島町生まれ。k-文学を読む会会員。大学時代に韓国・朝鮮と出会う。詩が好きで読み、書く。詩集に『君帰―きみがえり』（書肆山田刊）『兎角―とかく』（思潮社刊）。『韓国の暮らしと文化を知るための70章』（明石書店 2012刊）にて「韓国詩の魅力」の章を担当。

料理解説
八田靖史
（はったやすし）

コリアン・フード・コラムニスト。1999年より韓国に留学し、韓国料理に魅せられる。韓国料理の魅力を伝えるべく、2001年より雑誌、新聞、WEBで執筆活動を開始。最近はトークイベントや講演のほか、韓国グルメツアーのプロデュースも行っている。近著に『八田靖史と韓国全土で味わう 絶品！ぶっちぎり108料理』（三五館）がある。ウェブサイト「韓食生活」を運営。

料理・レシピ
趙善玉
（ちょそんおく）

韓国料理研究家。趙善玉料理研究院院長、日韓農水産食文化協会会長。エステサロンの経営をしながら日々の食事が美しい肌を作ることを実感。
2002年、薬膳料理専門店を運営して経験を積み、2009年から趙善玉料理研究院を東京で開院。
上質で繊細な韓国料理を伝えるために、料理教室を主宰するほか、韓国料理関連のイベントでの講師やホテル、レストランの料理監修など、多岐にわたって活動中。

飲食のくにでは
ピビムパプが民主主義だ――おいしい詩を添えて
2015年10月30日　初版第1刷発行

編者　韓国詩人協会
訳者　中村えつこ
撮影　佐藤憲一
ブックデザイン　Malpu Design（清水良洋・佐野佳子）

発行人　永田金司　金承福
発行所　株式会社クオン
〒101-0051
東京都千代田区神田神保町1-7-3　三光堂ビル3階
電話　03-5244-5426
FAX　03-5244-5428
URL　http://www.cuon.jp/

印刷　株式会社クリード

시로 맛을 낸 행복한 우리 한식

This Japanese edition is published by arrangement with Munhaksaegaesa
The『飲食のくにではピビムパプが民主主義だ―おいしい詩を添えて』is published under the support of The Korean Literature Translation institute, Seoul

Printed in Japan
ISBN 978-4-904855-30-0 C0077